Fan

ファン文庫

河童の懸場帖《かけばちょう》

東京「物ノ怪《もののけ》」訪問録

著　桔梗楓

マイナビ出版

目次

【懸場帖】かけばちょう。配置薬の販売員が持つ台帳のこと。薬を置いてもらっている顧客情報が書かれている。

河童の懸《かけ》場《ば》帖《ちょう》

東京「物ノ怪《もののけ》」訪問録

桔梗楓

第一章　冷え性の雪女はクーラーに悩む

東京――。

新宿駅から電車で一時間ほど移動すると、都会というには牧歌的で、のんびりした雰囲気を持つ街がある。

そこには東京都内でありながら、雑然とした都会のイメージとはかけ離れていて、季節によって色鮮やかに目を和ませてくれる山々が並び、渓谷《けいこく》では余暇を楽しむ人々が川遊びに興じる、自然豊かな土地があった。

古い住宅地も多く点在しており、昭和初期に配置薬販売事業を創業したニワトコ薬局は、そんな穏やかな街を中心に、営業を続けていた。

伊草麻理《いぐさまり》は、この春短大を卒業しニワトコ薬局へ就職した、新人の販売員だ。配置薬販売は住宅などをまわって新規顧客を開拓しながら、契約客の家を訪問し、薬の代金を集金したり薬を補充したりするのが主な仕事である。麻理はまだ先輩営業のアシスタントという立場だが、真面目で物怖《ものお》じしない性格から販売員向けであると期待されており、先輩の補助をしながら接客を学ぶ日々を過ごしていた。

本日より麻理は、課長である三崎《みさき》の指示で、河野《かわの》という先輩販売員の下につくことになっていた。

ニワトコ薬局、営業課の河野遥河《はるか》。はるかという名前なので、それだけを聞くと女性と思われがちだが、今年で三十二歳になる男性である。

人受けがよく、柔和な口調の河野は、その穏やかな物腰から多くの顧客を抱えている。三崎課長はもちろんのこと、社長の覚えもめでたい稼ぎ頭だ。さらにその風貌《ふうぼう》は誰もが目を見張るほどの艶やかさがあり、会社の中でも目立つ存在だった。

シャープな細目に、眉目の整った顔。実年齢よりも渋い大人の雰囲気を醸《かも》し出す河野は、麻理が密かに憧れる先輩だった。すらりとした高身長に、ダークグレーのビジネススーツがとても似合っていて、真面目な表情をしていると近寄りがたいほどキリリとしているのに、笑顔になると驚くほど優しげに見える。

誰が相手でも親切丁寧で、後輩の面倒見がとてもよい。加えて酒の付き合いもよく、課長の三崎は頻繁《ひんぱん》に彼を飲みに誘っているようだ。麻理も何度か営業課の飲み会で河野と一緒になったが、彼はどれだけ酒を飲んでもシラフそのもので、酔いつぶれてしまった人の世話もかいがいしく、絵に描いたような善人だなあと思ったのを麻理は覚えている。

顔がよくて優しくて、仕事もできるという河野に憧れる女性はもちろん多かった。ニワトコ薬局に勤める社員は当然のこと、取引先の製薬会社でも、彼は人気が高いようだ。しかし、当の河野はそのことを鼻にかける様子もなく、実にスマートな対応を取り続けている。麻理が憧れるのも仕方がないほど、河野は大人で素敵な男性だった。

彼のアシスタントになれたのは、純粋に嬉しいという気持ちがある。

でも、無事に務まるだろうか。麻理は少しだけ不安になってしまった。

彼に落胆の顔はさせたくない。できる後輩だと思われたい。

朝礼のあと、麻理がおずおずと河野のデスクに近づくと、彼はアタッシュケースの中を確認しているところだった。中には精算機のタブレットや筆記用具、販売用の商品など、さまざまなものが綺麗に整理されている。

営業部の中でも一番の成績を持つ彼は、ひとつだけ、奇妙なところがあった。

なぜか常に、頭に帽子を載せているのだ。それは手作り感のあるお洒落な中折れ帽で、彼は季節を問わず、場所も問わず、いつも帽子をかぶっている。もちろん今も、彼の頭にはラビットファーフェルトで縫われたグレーの帽子が載せられていた。

客商売をしていなくとも、普通、家屋に入ったときや、初対面で挨拶を交すときは、帽子を脱ぐのが礼儀だと誰もが知っているだろう。

しかし誰も、彼が帽子を脱いだところを見たことがなかった。

本来なら訪問先で「失礼だ」と怒られて門前払いにされてもおかしくない。しかし河野の客は、ひとりとしてクレームをつけることはなかったし、ずっと円満な関係を続けている。さらに、河野の顧客は会社にとっても上客で、置き薬の補充だけではなく、河野の薦める健康食品や栄養ドリンクなど、さまざまな販売品の購入率も高かった。

常に営業成績のトップを張っているからこそ、彼はその独特のスタイルを許されているのだろう。それにしても、どうしてここまで頑《かたく》なに帽子を脱がないのか。

頭に大けがをして醜《みにく》い傷痕を隠しているのだとか、はたまた頭を隠さなければならない宗教にでも入っているのだとか。会社の中ではいろいろな憶測が飛び交っているものの、誰も真実は知らない。麻理としては、そんなミステリアスなところも魅力だなあと、のんきに考えているのだが。

「河野さん、お疲れ様です。今日からアシスタントに入ることになりました。伊草です」

「ああ、課長から聞いてるよ。今日は少し暑くなるみたいだけど、頑張ろう」

中折れ帽の位置を整えながら河野がにっこりと微笑《ほほえ》む。上品で渋みのある美形顔に、麻理はほんのり頬を赤くしたが、不真面目はいけないと慌てて首を横に振った。そして勢いよく頭を下げてお辞儀をした。

「しばらくお勉強させていただきます。よろしくお願いします！」

「はは、加瀬《かせ》から聞いていたとおり、伊草さんは明るくて元気な体育会系なんだね」

気さくに河野が笑う。加瀬とは、麻理がしばらくアシスタントをしていた販売員で、今は麻理と同期の新人を指導している。

ちなみに体育会系というのは正解だ。麻理は高校まで陸上部に所属していて、短距離に力を入れていた。おかげで脚力とスタミナには自信がある。

配置薬販売は基本的に訪問販売で、足で稼ぐ職業だ。そういう意味では、麻理はうってつけの人材といえた。

河野はアタッシュケースを手に持つと、さっそくルート営業に出かける。麻理は後ろをついていき、営業車に向かった。

「運転は僕がするから、移動中はゆっくりしてくれていいよ」

「そういうわけにはまいりません。河野さんが運転してくれるなら、私は勉強します。来週には置き薬医薬品販売士一級の講習がありますので」

仕事中にぼんやりするなど言語道断だ。彼女は助手席に座るなり、ビジネスバッグからテキストとメモ帳を取り出した。

「うわ〜、助手席で勉強なんてできるの？　ずっと下を向いてたら酔わない？」

「車酔いなど、気合で乗り切るのです」

「ほ、本当に思考が体育会系だね。そこは薬屋らしく、素直に酔い止め薬を服用しておこうよ」

運転をしながら言葉をかける河野に、麻理は困ったような顔をする。

「こんな仕事を選んでおいてなんですが、実は私、薬が苦手なんです」

麻理が白状すると「そうなの？」と河野が意外そうな声で聞いてくる。

「たとえば、酔い止めや風邪薬を服用すると、すぐに眠くなってしまうんです。もちろん必要なときは服用しますが、仕事中はできるだけ頼りたくないんですよ」

「ああ、伊草さんは普通よりも薬が効きやすい体質なのかもしれないね。じゃあ、これをあげるよ」

河野がポケットから取り出したものは、ジッパーで閉じられた保存パック。中には赤紫蘇色に染められた梅が、ころころと入っていた。

「これ、カリカリ梅ですか？」

「僕が漬けたんだよ。手作りが嫌じゃなければどうぞ」

にっこりと微笑みながらパックごと渡してくる。それを受け取った麻理は目を丸くした。

「自分で漬けたんですか？」

「そう。こういうものを作るのが好きでねえ。お客さんによっては喜んでくれるんだよ」

「へぇ～、じゃあ、いただきますね」

　自分で梅を漬けるなんてまめな人だと思いながら、麻理はジッパーを開いてカリカリ梅をひとつ、口に入れた。

「んっ、おいしい！　カリカリだ！」

　カリッコリッと歯ごたえのある梅はほどよい塩加減で、市販のものよりも少しだけ酸っぱく感じた。しかし梅干しほど強い酸味はなく、おやつ気分で軽く食べられる。

「酸っぱい梅を食べると唾液がたくさん出るでしょ？　それが三半規管《さんはんきかん》のバランスを整えたり、吐き気を抑制したりする……と言われているけど、実は科学的根拠はないいんだ。ようするに、おまじないに近いかもしれないね」

「おまじないって、お薬売る人がそんな頼りないことを言っていいんですか？」

「だってカリカリ梅はお薬じゃないでしょ。でも、おいしかったし、効きそうな感じがしてこない？」

　ニッコリとそう言われると、なんとなく体が楽になった気がする。カリカリ梅を食べたことで、気分転換になったのかもしれない。

「気合もいいけど、おまじないもいいものでしょ？」

「そうですね、ありがとうございます」

今までは営業課の稼ぎ頭だということと、その相貌《そうぼう》があまりに素敵だったことから遠慮して、麻理はなかなか河野に話しかけることができなかった。でも、こんなに優しくていい人だったなんて、嬉しい。

そっと横顔を見れば、河野は前を向いてスムーズに運転を進めている。仕事中だというのに、まるでデートをしているようなときめきに襲われて、麻理は慌ててテキストに目を向けた。ついつい雑念が入ってしまう。シャープな鼻筋に、少し垂れた目は渋い色気を醸し出していて、レトロな中折れ帽がとても似合っている。

ずっと憧れていた人と仕事ができるなんて夢みたいだ。

麻理は、河野のアシスタントなんて、ちゃんと務まるのだろうかと不安になっていた。でも、彼のそばにいると不思議と肩の力が抜けて、もっと頑張れそうな気がしてくる。

麻理はカリカリ梅をもうひとつ口に入れて気合を入れると、張り切ってテキストを読みはじめた。

車はまっすぐに道路を走って、河野の営業エリアに向かっていく。そこは山のふもとにある住宅地で、築年数の古そうな家屋が多く見られた。

「この辺りは高齢化が進んでいてね。病院が遠くて苦労している高齢者が多いんだ」

「ああ、私の田舎もそんな感じですね。スーパーが遠くて」

「そうだね、この辺りも大型スーパーはないかな。でも、近くに小さな商店街があってね、品揃えは大手スーパーに負けるけど、重宝されているんだ」

麻理は短大を卒業後、田舎からこの街に移り住んで半年になる。しかし人通りの多い駅の近くが主な行動範囲だったので、山の近くまで訪れることはなかった。

車の窓を開けば、辺りはのどかで田舎ならではの静寂さが漂い、うだるような残暑の中にも心地よい風を感じる。

それはきっと、目の前にある大きな山から、常に涼しい風が運ばれているからなのだろう。渓谷で冷やされた空気が、ほどよく風に乗って入ってくるのだ。ちょうど爽やかな風が頬を撫でてきて、麻理は顔を和ませる。

河野は車を運転しながらカーラジオを流す。耳になじむ女性ＤＪの美声が、世間話を交えながらリクエストされた音楽について「私も、この歌好きなんです！」とほがらかに語っていた。

しばらくして、午前十時のニュースがはじまる。

「――昨日、東京都内の複数の小学校で、給食を食べた児童が相次いで下痢や腹痛などの症状を訴え、病院に搬送されました。中には重症患者もおり、都は集団食中毒が発生したとして調査を――」

「集団食中毒？　怖いですね」

麻理がラジオを見つめながら言うと、河野は「うん」と頷く。

「もうすぐ秋とは言え、まだまだ油断できないからね。僕達も気をつけよう。あっ、そうだ、ちょっとだけコンビニ寄っていい？」

「いいですよ」

ちょうど、麻理もお茶のペットボトルを買いたいと思っていた。河野は迷うことなく車を走らせ、ふたりはコンビニに入っていく。

「うーん、なににしようかな」

主に外まわりの営業をする麻理にとって、飲み物はやる気の大きなファクターを占める。ただ水分補給をするだけではない。仕事の合間に飲料を飲むのは、貴重な休息でもあるのだ。

「緑茶は飲み飽きたしなあ。ほうじ茶も気分じゃないし、玄米茶……うーん」

なにせその日一日の仕事のテンションが、飲み物ひとつで左右されてしまう。選んだお茶が口に合わなかったときの残念感は、とても悲しいものなのだ。

麻理が唸りながら考えていると、河野はミネラルウォーターの陳列棚の前で、腕組みをしながら真剣な表情で物色していた。

「河野さん、お水が好きなんですか？」

「え？　あ、うん。水大好きだね。すごくこだわってる」

「へえ～。お薦めのお水ってあるんですか？」

「そうだねえ。僕は軟水派で、国産のミネラルウォーターが好きなんだ。あと、休日を使って山に登るのが好きなんだけど、山水を多めに汲んできて、冷蔵庫で保存して飲んでる。それはすごくおいしいよ」

麻理は目を丸くする。世の中には、自ら山に登って水を汲みに行くほど、水好きな人がいるのかと驚いたのだ。

「じゃあ、好みのメーカーのお水があったら教えてくださいね」

「いいよ。このコンビニにはないけど、おいしい軟水のミネラルウォーターがあるから、見つけたときに教えてあげるね」

嬉しそうに河野が微笑む。麻理は悩んだ末にジャスミンティーを選び、河野もミネラルウォーターを一本取ってレジに進んだ。

「そういえば、河野さん。コンビニのコーヒーって結構おいしいの知ってます？」

お金を払いながら麻理が聞くと、隣でレジを済ませた河野が「そうなんだ？」と首を傾げた。

「僕はあまりコーヒーって飲まないんだよね。水ばっかりで」

「じゃあ、私がご馳走《ちそう》しますよ。コーヒーきらいだったら、やめますけど」

「そんなことないよ。でも、それなら僕がご馳走するね」

河野は片手で中折れ帽を支えながら、会計を済ませたミネラルウォーターを手に持ち、コンビニの店員にアイスコーヒーをふたつ頼んだ。

ご馳走したかったのは自分だけど、こうもスマートに奢ってもらえると素直に嬉しくなる。こういう小さな心遣いが、顧客との良好な関係にも繋がっているのかもしれない。

そんなことを考えながら、麻理はドリップ機でアイスコーヒーを淹れる河野の後ろ姿を見つめた。

「はい、どうぞ」

「……あ、ありがとうございます」

「遠慮せずに飲んで。今日からよろしくってことでね」

気さくに笑う河野に微笑みを返して、ほんの少し、麻理は顔を赤くする。顔がよくて仕事ができて、気遣い上手で。しかも愛想がよくて、彼の優しい口調は心を和ませる。

入社当時から感じていたときめきが大きくなって、麻理は顔を赤くしながら首を横に振った。今は仕事中だから、そんな浮ついた気分でいてはいけない。だけど、なんて素敵な人なんだろう……。

麻理は憧れの眼差しで河野の背中を見る。間違いなく彼は、女性に人気がある。平凡な見た目でしかない麻理は、こうやって背中を見つめるのがせいぜいだ。手を伸ばすなんて厚かましいことをするつもりはない。

だけどやっぱり、彼と仕事を組むことができてよかった。

麻理が淡い恋心を抱きながら河野のあとに続いてコンビニを出ると――。

サアッと、爽やかな山の風が麻理の頬をかすめた。同時に河野の中折れ帽が風に飛ばされ、空を舞う。

「あ、帽子が」

会社では一度として取られたことのない河野の帽子は、彼の両手がペットボトルとアイスコーヒーでふさがっていたために、あっさりと頭から離れてしまった。

そして、麻理は全社員が一度として見たことのない河野の頭を見てしまう。

肌色が、太陽の光に反射してきらりと輝いた。それはまごうことなく、頭頂部にある円形の地肌。

——ハゲてる。

ぼとり。麻理はあんぐりと口を開けたまま、手に持っていたペットボトルを落とした。河野は前を向いたまま石になったように固まっている。

中折れ帽はふんわりと風に遊ばれ、麻理達から少し離れた歩道に転がった。

ひゅうう、と、どこか寂しげな風が、切なくふたりの間に流れていき、帽子もまた、ころころと転がっていく。

耳に痛いほどの静寂が落ち、互いに声もかけられない。そんなふたりの横を、近所の住人らしいおばあさんが、ゆっくりゆっくりと歩いて、コンビニに入っていく。

先に動いたのは、麻理だった。

彼女はカクカクした動きでペットボトルを拾うと、河野の横をぎこちなくとおり、歩道を転がる中折れ帽を手に取る。ペットボトルを小脇に挟んでパッパッと土埃を払うと、下を向いて河野の前に立った。

「か、河野、さん。はい、帽子、落としましたよ！」

あくまで河野の顔は見ない。いや、その上にある頭を見ないようにしている。

視線を逸らして横を向き、彼に帽子を差し出した。

「あ、あり、がとう……」

河野もようやく動き出したが、ロボットのように不自然だった。彼はペットボトルを持った手で帽子を受け取ると、ぽすんとかぶる。

「あ、あの、私、見なかったことに、しますから」

顔を逸らしたまま、居心地悪そうに麻理は言う。自分は大変なものを見てしまった。彼が帽子を脱がなかったのは、あれが理由だったのだ。

「河野さんは、そのお年で営業部の稼ぎ頭ですもの。いろいろ、苦労もありますよね」

「え、伊草さん、なに言ってるの？　苦労なんて僕は――」

「皆まで言わなくて大丈夫です！　だって、円形脱毛症は、ご自分ではどうすることもできないことですから」

「ちょっと！　誰が円形脱毛症なの！　違うよ、これは！」

河野が慌てて屈《かが》み、麻理の顔を見ようとする。しかし彼女はぷいっと反対方向に顔を逸らした。

「そんなに必死に否定しなくても、いいんです。私にとって河野さんは憧れの販売員でした。円形脱毛症を隠していたのだとしても、尊敬の気持ちは変わりません。このことは、私の胸のうちに隠しておきます。墓場まで持っていきますから」

「待って待って！　本当に違うんだ。これはその、そういうのじゃなくて」

「わかっていますとも。ええ、もうこの話は終わりにしましょう。河野さんが望むのでしたら、私は記憶を消去するよう努力します。一刻も早く忘れるように頑張りますから！」

ぐっと拳を握りしめる。

ショックではないと言えば嘘になる。これはかりは仕方のないことで、河野自身になんの罪もないとわかっていても、心には大きなダメージが刺さっていた。

しかし、世の中にはいろいろな人がいるのだ。あれを隠すため、常に中折れ帽をかぶっていたなら、河野の苦悩も悲しみも、手に取るようにわかる。

それならば、麻理のやれることはひとつだけ。今までどおりに接すること。彼を尊敬する気持ちは変わらない——これは、嘘偽りない麻理の気持ちだ。

「さあ……なにごともなかったかのように、仕事をしましょう。私の気持ちは、円形脱毛症くらいでゆらぎはしません。大丈夫です」

「全然大丈夫じゃないし、円形脱毛症ってもう言わないで！　これはそういうのじゃなくて、僕のは、さ……、う」

なにかを言いかけて、河野は慌てて口をつぐむ。そしてそっぽを向いて黙り込み、やがて観念したように首を掻いた。

「ああ、もう……。こうなったら言っちゃうけど、僕は妖怪なんだよ。河童なんだ。だから、頭のこれは円形脱毛症じゃなくて、皿なんだよ！」

「は？」

麻理の顔が真顔になった。茫然《ぼうぜん》と目の前の河野を見上げ、もう一度「は？」と首を傾げる。

「だから、河童。河童って頭にお皿があるでしょ。知らない？」

河野が中折れ帽の辺りをペットボトルでさす。至極真面目な顔をする彼に、麻理の表情は段々、暗く落ち込んだものに変わっていった。

「河野さん……、それは、さすがにないです」

はぁ、と肩を落としてしまう。

「ハ……円形脱毛症をごまかしたかったのだとしても、河童だなんて。それはギャグのつもりですか？　すみませんけど笑えません。ごめんなさい」

麻理の顔はあきらかに落胆を表していた。まさか河童などとうそぶくなんて。それなら、この件についてはさらっと流してくれたほうがよかった。

「いや、あの、本当のことなんだけど」

「そうですか。わかりました。あはは……さあ、仕事に行きましょうか」

スタスタと営業車に向かう麻理。顔がよくて仕事ができても、こんなに寒いギャグを飛ばしてくるところは魅力に欠けるかもしれない。

なんだか必死に否定するところも、憐《あわ》れに思ってしまう。麻理はため息をつきながら自動車のドアを開けた。麻理の心にあった河野への淡い恋心は、すでに跡形もなくなっている。

麻理が助手席に座ったところで、河野も運転席のドアを開ける。シートに座ってドリンクホルダーにコーヒーのカップを入れる彼の顔は、どこか落ち込んで見えた。

「……伊草さんでも、信じてくれないんだねえ」

まだその話をするのか。意外にしつこい。いや、やり手の販売員になるには、これくらい食い下がらないといけないのかもしれない。だが、与太話に付き合う気のない麻理は、そっけなくテキストを開いた。

「河童なんてすごーい！　なんて、さすがに言わないですよ。子供じゃないんですから」

河野と組めたことをあんなにも喜んでいたのに。浮かれていた麻理の気持ちはすっかり萎えていた。あのとき、山から風が吹かなければよかったのに。彼の帽子が飛ばされ、その中に隠されたものに気づかなければ、こんな微妙な気分にならなくて済んだ。

麻理は八つ当たりまじりに河野を睨《にら》む。すると、運転をしていた彼の姿が、うっすらと白くぼやけていた。

「えっ……」

慌てて首を振り、目をギュッと瞑《つぶ》ってからもう一度河野を見る。すると、彼は至って普通に運転をしていた。表情は寂しそうだが、その姿ははっきりしている。

気のせいだろうか。さっきの河野はすりガラスを挟んだみたいに、ぼんやりしていたけれど……。

しばらくふたりは無言で車に揺られ、麻理は少しぬるくなったアイスコーヒーを飲みながらテキストを読む。そのとき、河野が突然「決めた」と言い出した。

「こうなったら、なにがなんでも伊草さんに、僕が河童だって証明するよ」

「へ？」

「僕の皿を見ても信じてくれないなら、別の妖怪に証言させる。そうすれば、嫌でも信じるでしょう？」

はあ、と麻理は間の抜けた相づちを打った。円形脱毛症をごまかす嘘にしては、やたらとむきになっているように見える。寂しげだった顔は真面目な表情に変貌していて、どこか決意を感じさせた。

ひょっとして、ギャグでもごまかしでもなく、本当に河野は己を河童だと言っているのだろうか？

普通はここで、妄想癖などの症状を疑うかもしれない。だが、麻理には河野がそこまでおかしな人間にも見えなかった。仕事ぶりは真面目一辺倒で、営業部の中でも人望が厚く、妙な噂が立ったこともないのだ。

麻理は、おずおずと河野に問いかけた。

「どうしてそこまで、私に河童だって信じさせたいんですか？」

「だって、僕は河童だ。せっかく勇気を出して告白したのに、無下にされたら悲しいじゃないか」

憮然とした表情で河野が答える。麻理は困った顔で「そんなこと言われても」と呟く。

「河童、って。あの河童でしょう？　頭にお皿があって、くちばしがあって、甲羅《こうら》があって……肌が緑色で。今の河野さんと全然違うじゃないですか」

「それは、伝承を元にして描かれた絵の話だよ。甲羅の有無は地方によってまちまちだけど、少なくとも僕は背負っていない。人間はひとくくりにして『河童』と呼ぶけど、それは通称みたいなもので、僕のような水生妖怪はたくさん存在しているんだ」

スムーズに車を運転する河野をよく見てみるが、全く河童のイメージと繋がらなかった。たしか河童には、水かきがあるはずだ。しかし彼の指は人間の指であり、肌も日本人らしい色をしている。

「それなら、河野さんは昔からその姿で、昔話の絵に出てくるような河童じゃなかったんですか？」

「いや、昔はもっと人間離れしていて、化け物に近かったな。僕のように順応力の高い妖怪は、人間社会で生きていくために、長い年月をかけて擬態がうまくなっていったんだ」

「……ということは、河野さんの正体はもっと化け物らしい……と？」

「この姿とは少し違うかもしれない。でも、今はもう擬態が『当たり前』になっているから、元の姿はほとんど忘れてしまったな」

麻理の質問につっかえることなく、すらすらと答える。その場しのぎの作り話には聞こえなかったが、話の内容は十分作り話の域である。

まじまじと河野の横顔を見ても、全く妖怪らしさが見当たらない。

唯一、河童らしいと言える部分は、帽子の中にあった『皿』なのだが。

麻理はチラリと彼の中折れ帽を見るも、さすがに、もう一度帽子を脱いでもらって、つぶさにアレを見る勇気は出なかった。

「私が入社したときから、ずっと帽子をかぶっていましたけど、今まで一度も、お、お皿を、見られたことはなかったんですか？」

　皿と呼ぶには非常に抵抗がある。しかし円形脱毛症と言うのもどうかと思ったので、麻理はあえて皿と呼んだ。

「普段は、皿の上に部分かつらを載せて、二重態勢で隠しているんだけどね。今日はかつらをメンテナンスに出していたんだ。一日くらい大丈夫だと思っていたけど、まさかその日に限って帽子が飛ばされるなんてね……」

　河野が切ないため息をつく。間が悪いとはまさにこのことだと嘆いているようだ。

「でも、言いわけに河童だなんて。普通、信じるほうがおかしいと思いますよ？」

「そうだね。でも、正体を明かしてしまったからには信じてもらうしかない。ちょうど今から知り合いの妖怪の家に行くんだ。どうあっても伊草さんには信じてもらうよ」

　使命感のような雰囲気を漂わせて、河野が言う。

　信じてもらうよ——その言葉に、切羽詰まったものを感じるのは、麻理の気のせいだろうか？

　車は山のふもとまで進んでいき、住宅地に入っていく。山の景色と一体化したような古い家屋が多く、逆にいえばマンションやデザイン性のある家はほとんど見られない。恐らく昔からこのような景色だったのだろうと思わせる、のどかな場所だった。

河野は住宅地に入ると車のスピードを落とし、目的の家に向かって走っていく。そういえばさっき、別の妖怪に証言させると言っていたような……麻理が河野の言葉を思い出していると、車はとある家の駐車場で停まり、河野が「ついたよ」とサイドブレーキをかけた。

「ここが、河野さんの顧客のお住まいですか？」

「そう。この辺り一帯に広く薬を置かせてもらってる。あと、山の中にあるお土産屋さんと、渓谷にあるキャンプ場の事務所。ここからちょっと離れるけど、駅のほうでも数件契約してもらってるんだよ」

麻理は素直に河野を尊敬した。やはり凄腕の配置薬販売員という評判は伊達《だて》ではないのだ。前にアシストをしていた加瀬よりずっと契約件数が多い。しかもこれだけの顧客関係を維持しながら、新規顧客も開拓しているのだから、頭が上がらない。

これで自分を河童とか言わなきゃ完璧だったのになあ。

思わず、そんなどうしようもない愚痴を心の中で呟いてしまう。

河野が駐車場に車を停めた家は、住宅地の中でもひと際古い家。今どき珍しい茅葺《かやぶき》屋根で、いわゆる古民家だった。

「なんだか、とても雰囲気のある家ですね。昔話に出てくるような、おばあさんやおじいさんが住んでいそう」

「それ、お客さんに言ったら駄目だよ。見た目、若い娘さんだからね」

「えっ、こんなところに若い女性が住んでいるんですか？」

少し意外に感じたが、都会の人が田舎暮らしに憧れて移住するという話を聞いたことがある。ここに住む女性も、もしかしたらそういった志向があるのかもしれない。

麻理は緊張を感じながら、河野の後ろについた。彼は「よっこらしょ」とアタッシュケースを玄関前に置くと、古い木製の引き戸をトントンと叩く。

「ごめんください。ニワトコ薬局の河野です！」

インターフォンもなければ呼び鈴もない。今もそんな家があるんだなあと、妙なところで感心していると、カラリと引き戸が開いた。

とたん、家屋の中からクーラーのような涼風が零《こぼ》れ出す。

残暑の暑さで火照った顔にちょうどいい。麻理がうっとりと心地よく感じた瞬間、鼻にチリッと冷たいものが当たった。

「なに、冷たい」

思わず鼻を指で撫でると、そこには水滴がついていた。雨など降っていないのに。不思議に思って麻理が顔を上げると、そこには――。

「いらっしゃい。あら、今日は河野君だけじゃないんだ～」

耳に心地よく、聞き取りやすいソプラノボイス。その声は不思議とどこかで聞いたことがあるような気がして、麻理は首を傾げた。しかし声の主を見たとたん、驚きが勝《まさ》って呆然とする。

青のフレアスカートに、アイスブルーのカットソー。真っ黒の髪は腰に届くほど長く、雪のような白い肌。長い睫毛は濡れたように艶めいて、儚《はかな》げに見える整った相貌。麻理が思わず見惚《みと》れてしまうほどの美しい女性が、そこに立っていた。

「こんにちは、雪乃《ゆきの》さん」

河野が挨拶すると、雪乃は「こんにちは、今日も暑いわね」と挨拶を返す。そして河野は横を向き、後ろに控える麻理に目を向けた。

「紹介しますね。僕の後輩です。伊草さん、挨拶してくれる？」

はい、と素直に頷き、麻理は河野の隣に立って名刺を差し出した。

「はじめまして。ニワトコ薬局の伊草麻理です。いつもニワトコ薬局をご愛顧いただきまして、ありがとうございます」

「まあ、ご丁寧にありがとう」

ニッコリと微笑み、麻理から名刺を受け取った。そんな他愛のない仕草すら絵になるほど、彼女は美しい。モデルや女優をやっていると言われても納得してしまうほどだ。

「先に言っておきますが、雪乃さん。伊草は僕が河童だと知っていますので、必要以上に隠さなくて結構ですよ」

河野がそう言うと、雪乃は「あら、そうなの」と驚いたような顔をした。そして彼女は麻理に顔を向けると、ひどく妖艶に微笑む。

とたん、ヒュゴッと風が鋭く突き抜けた。驚きに麻理が目を丸くした瞬間、さらなる驚愕に「ひゃわあ！」と悲鳴を上げた。

雪乃を中心に、吹雪が吹き荒れているのだ。先ほど鼻に冷たいものを感じたのは気のせいではなかった。あれは水滴ではなく雪だったのだ。

目を開けていられないほど強い風が荒れ狂う。ガタガタと引き戸が揺れ、あちこちに雪のかけらが飛び散った。ひとしきりの吹雪が終わって麻理が恐る恐る目を開くと、背筋がぞくりと寒くなるほど美しい雪乃が、穏やかな表情で麻理を見つめていた。

「自己紹介をするわ。私は氷室《ひむろ》雪乃。――かつて雪女と呼ばれた、なれの果てよ」

「ゆき……おんな」

彼女の言葉を反芻《はんすう》する。雪女といえば、河童と同じくらい有名な妖怪だ。もちろん麻理も知っている。幼い頃、絵本で知った雪女の存在。それが本当にいるなんて。

信じろというほうが難しい。生まれて二十年、ずっと妖怪は架空の存在だと思っていたのだ。それが実在していると言われて「はいそうですか」と信じられるほど、麻理は純粋ではなくなっていた。しかし、それは麻理が特別というわけではない、皆、大人になれば当たり前のようにそうなっていく。――でなければ、今という時代は生きづらいのだ。

「わ……あ」

それでも、麻理の口から感嘆の声が零れた。人間は自在に吹雪など出せない。それならば、雪乃は間違いなく『雪女』なのだ。否応なく目に飛び込んできた真実が、ゆっくりと脳に浸透していき、受け入れはじめた。架空のものだと思っていたものが現実にあったと認識したとき、麻理が最初に感じた気持ちは純粋な『感動』だった。

「凄い。妖怪なんだ」

麻理は目の前の『不思議』を前に、雪女という存在を認めるしかなかった。まだ、疑り深い自分は心の底にいる。それでも麻理の心は震えた。だって、目の前にいる彼女が妖怪だったら、なんて素敵なことなんだろうと思ったから。

絵本で見た存在がリアルにいるなんて、夢を見ているみたい。だけどこれは間違いなく現実の話だ。

妖怪の存在を信じることができなくなった、テクノロジー溢《あふ》れる現代社会に、奇妙奇《きみょうき》天烈《てれつ》な幻想はたしかに存在していたのだ。その事実に感動する。

「ほら、妖怪はいるでしょ？　これで僕のことも信じてくれた？」

河野が「ふふん」と勝ち気に笑って挑発的に麻理を見る。先ほどまで散々疑われていたことを根に持っているのだろう。しかし麻理はチラリと河野を見ると「うーん」と唸《うな》る。

「氷室さんは信じましたけど、河野さんはなんだか、まだ半信半疑なんですよね……」

「なんでさ!?」

ガーンとショックを受けた顔をしてうろたえる河野。麻理は「だって」と言いわけをする。

「氷室さんはこうやって吹雪を見せてくれたから、信じざるをえなかったけど、河野さんは河童らしいところが全然ないですし。いっそ河童っぽいところを見せてくださいよ」

「河童っぽい……ところ」

ものすごく困った顔をして、河野は腕を組む。

「僕の皿は、河童らしくなかったってこと？」

麻理はこくりと頷く。

「円形脱毛症だと思ったほどですし、お皿くらいで河童と言われても」

「お皿くらい……」

ずーんと河野が落ち込む。どうやらとてもショックを受けたようだ。そんな河野と麻理を見比べて、雪乃は唐突に「あはは っ」と明るく笑った。

「なんだ～河野君、いつの間にか、そんなに仲のいい人間ができたのね」

「えっ、仲がいいわけじゃないよ⁉　僕は単に、伊草さんに僕が河童だと信じてもらいたいだけ！」

驚愕して否定しにかかる河野に、麻理が「はあ」と面倒くさそうにため息をつく。

「もう、河童とかいいじゃないですか。雪女に会えたのは嬉しいですけど、そろそろちゃんと仕事をしましょうよ」

「駄目だよ！　これは僕のアイデンティティに関わることなんだから。絶対、伊草さんに河童だと信じてもらわないといけないんだ！」

むきになる河野に、雪乃が「そうねえ」と同意する。

「河童なんていない、なんて思われたら、河野君は消えてしまうものね。そりゃ、必死になって当然か」

くすくすと笑う彼女に、河野が「他人ごとみたいに言わないでください」と困った声を出す。そのとき、麻理は彼らの言葉に驚いた。

「ど、どういうことですか？　消えてしまうって」

彼女の問いかけに、河野と雪乃は目を合わせる。すると雪乃は玄関から少し離れ、ふたりを家の中に手招いた。玄関の先は台所のある土間になっていて、左側には障子のふすまの向こうに囲炉裏《いろり》のある六畳ほどの畳部屋が見える。

「せっかくだから、私達について少しだけ教えてあげるわ。どうして私が、河野さんの顧客になっているのか、その理由も合わせてね」

「顧客って、ニワトコ薬局の配置薬のことですか？　お薬が欲しくて契約してるんじゃないんですか？」

もっともな質問をすると、雪乃は意味深に微笑む。

「そうね、傷薬や軟膏は使わせてもらってるわ。でも、内服薬は効かないことが多いのよ。だって私達は、体の構造が人間と違うもの。病院に行っても意味がないことくらい、想像すればわかるでしょう？」

「あ……」

言われてみれば、そうなのだろう。妖怪が人間と同じであるはずがない。それなら、どうして河野の顧客として、彼女は配置薬を家に置いているのか。

妖怪についての話を聞けば、その辺りの事情もわかるのかもしれない。

麻理は雪乃に誘われるまま、河野と共に玄関をくぐり、土間で靴を脱ぐと畳が敷かれた部屋に入った。囲炉裏は使っていないらしく、中はからっぽで、天井から寂しげに自《じ》在鉤《ざいかぎ》が降りている。

麻理はそんな囲炉裏の前に座り、その隣で河野が正座をした。雪乃は台所でお茶の用意をはじめる。

「ここは元々空き家だったんだけど、買い取って棲みやすくリノベーションしたのよ。古民家は風通しがよくていいわね。昔はマンションに棲んでたんだけど、もう、毎日息が詰まって大変だったわ」

畳部屋の障子は全て開けられていて、麻理から台所が見える。雪乃は食器棚からなにも入っていない製氷皿と、冷蔵庫からミネラルウォーターを取り出した。彼女が製氷皿にさらさらとミネラルウォーターを流して、それを両手で持った瞬間、ミネラルウォーターはカチカチの氷に変化する。

作られたばかりの氷をふたり分のグラスに入れ、お茶のペットボトルを冷蔵庫から出し、グラスの八分目までコポコポと入れた。

瞬時に氷を作り出せるなんて、地味に便利だ。麻理がのんきなことを考えていると、台所から畳部屋に移動した雪乃が麻理の前にグラスを置いてくれる。

「一般的な住宅って、断熱材が壁に敷き詰められているでしょう？　あれが駄目なのよね。その点、古民家は夏は涼しく冬も寒くて過ごしやすいの」

「ああ、雪女ですものね。昔話では、囲炉裏の火を嫌がるとか書いてありました」

「そうなの。雪女といっても、雪でできてるわけじゃないから溶けるということはないんだけど、熱いのは苦手ね。でも私、同時に冷え性だから苦労してるのよ～」

ふぅ、と困ったようにため息をつく雪乃に、麻理は目を丸くした。

「ゆ、雪女なのに冷え性なんですか？」

「そうなの。難しいところよね。自然の寒さは全く平気なんだけど、クーラーの冷たさは凍えそうになるのよ。人工的な寒さが体に合わないみたいね」

たしかに、麻理が部屋の中を見まわしても、クーラーがどこにも設置されていない。

雪乃は軽く肩を揉むと、からっぽの囲炉裏の前で三角座りをした。

「職場がクーラーをガンガン効かせるものだから、毎日へとへと。でも、働かないとお金が稼げないし、我慢するしかないのよね。だって、真夏にクーラーを切ってもらったら、人間が熱中症になっちゃうもの」

「たしかに、夏場にクーラーなしの職場は地獄でしかないですね、人間にとっては」

冷たいお茶をこくりと飲んで麻理が同意すると、雪乃が「そうそう」と頷く。

「腹巻きしたり、体中をブランケットで巻いたりと、地道に防寒対策をしているのよ。全く、雪女の面子《めんつ》が丸つぶれだわ。私、吹雪の中で着物一枚でも平気なのに～悔しい！」

「はあ……」

ぷんぷんと子供っぽく怒り出す雪乃に、麻理は曖昧《あいまい》に返事するしかない。人工の冷風に負けるのが雪女のプライドを傷つけるのだとしても、それに対してどんな言葉をかけたらいいのか、全く思いつかないのだ。

そのとき、ゆっくりとお茶を飲んでいた河野が、隣に座る麻理を見た。

「そこで、僕の出番ってわけ。僕はこの辺りに棲む妖怪の健康相談を受けるために、配置薬を置かせてもらっているんだ。仕事時間に妖怪の家を巡回するには、それが一番だからね」

「え、待ってください。この辺りには、雪乃さん以外にも妖怪が棲んでいるんですか？」

ぎょっとして麻理がたずねると、河野はこともなげに頷いた。

「この街は妖怪にとって棲みやすいんだ。都心部に比べて騒がしくなく、自然豊かで、ほどよく便利な店が揃っている。山からもいい風が吹くし、気づいたら妖怪が集まっていた感じだね」

「うわあ、びっくり……。つまり河野さんの配置薬は、妖怪のおうちをたずねるためのカムフラージュということですか?」

「配置薬は名目に違いないけれど、全く利用してないわけじゃないのよ。ちょっとした外傷の手当てもできるし、内服薬でも漢方薬は効きやすいから、胃腸薬とか葛根湯は使っているわ。栄養ドリンクも結構使うかも」

妖怪の不調には、漢方薬が効く。麻理は初めて知ったが、こんな機会でもない限り、一生知りえるはずのない情報だろう。

雪乃は横座りに座り直すと、麻理に微笑みかける。

「駅に行けばドラッグストアがあるけれど、自分の家でゆっくり河野君に相談するほうが気楽だし、アドバイスももらえるから助かるのよ。それに、彼は私と同じ妖怪だから、必要以上に隠す必要もないしね」

雪乃の説明に、麻理は納得する。ドラッグストアは便利だが、じっくりと自分に合う薬の相談をしたり、定期的に薬を補充しに来てくれる配置薬販売にも、きちんと利点があるのだ。人との繋がりには、店舗で買えない価値がある。だからこそ、ニワトコ薬局は訪問販売を主体としながら経営し続けることができるのだ。ましてや妖怪となれば、横の繋がりは大切なのだろう。

「氷室さんが河野さんのお客さんになった経緯はわかりましたけど、さっきの『消えてしまう』ってどういうことなんですか？」

麻理は改めて問いかけた。彼女が手に持つグラスの中で、氷がからりと音を立てる。

しばらくの静寂がすぎたあと、雪乃は少し諦めたような笑みを浮かべて、俯いた。

「私達はね、人間の心によって存在が左右されるものなの」

「人間の……心？」

麻理が反芻すると、彼女は「ええ」と頷く。

「信仰、祟り、人間はさまざまな解釈をもって、幻想を信じる生き物よ。お正月に初詣をするのは、神という幻想を信じているからでしょう？」

たしかに麻理も正月は神社に参拝をする。だが、特に神を信じているわけではない。

麻理は不可解といった様子で首を傾げた。

「私、別に神様を信じてるわけじゃないですよ？　ただ、なんとなくお正月は初詣に行こうかなって気分になるだけです」

「それでも、あなたは賽銭を投げて、神様にお願いごとをしているはずよ。祀《まつ》るという行為に意味があるの。信じる心がなければ、お正月だろうと参拝なんてしないわ」

雪乃の言うとおりかもしれない。多少なりとも、信じたいという気持ちがあるから、人は神頼みをするのだ。

「物の怪《もの　け》も、その『信じられている』ことに意味があるの。私達は、人間の信じる心によって存在しているから。だから、人間が物の怪の存在を信じなくなったとき、私達は――消滅するわ」

淡々とした雪乃の言葉に、麻理は目を見開く。そして、ハッとして隣に座る河野を見た。

そうだ、たしか――麻理が「河童なんていない」と断言したとき、一瞬だが、河野の姿が白くぼやけたのだ。あれは見間違いと思ったが、違う。麻理の強い存在否定の言葉に、河童の存在が薄らいだのだ。

「すでにもう、一部は消滅しているんだ。過疎化した地方でひっそり棲んでいた物の怪や、誰にも見向きされなくなった沼の主……。人々がその存在の名を忘れ、誰にも呼ばれることがなくなったとき、物の怪は死ぬんだ」

「河野さん……」

しんみりした顔で言う河野に、麻理はどんな言葉をかければいいのかわからない。だが、河野は顔を上げると、麻理に穏やかな笑みを見せた。

「でも、こればかりは仕方のないことなんだ。それが時代ってものだからね。人間が妖怪を忘れても、その現実は受け入れなくてはいけない。だって、消えたくないと思っても、僕達にはどうすることもできないから」

「正体を現して人間を驚かせたところで、好奇の対象になるだけだもの。人間に限らず生き物は全て、奇怪なものを目の前にして恐怖したとき、どうすると思う？　……異端を、排除するのよ」

異端。この場合、間違いなく異端とは妖怪のことだ。どんなに神秘的な能力を持っていようとも、今の人間なら簡単に『排除』できるだろうということは、麻理も理解している。

人間は長い歴史の中で、自分達にとっての異端を排除するために、あらゆる暴力を作り出してしまったのだから。

「河童や雪女は、それなりに名の知れ渡っている妖怪だから、まだ生きていられる。だけど、それも永遠じゃない。――いつか必ず、僕達も忘れられる時代が来るだろう」

「そのときが来たら、河野さんはどうするんですか？」

いつの間にか、麻理はもう、河野が嘘をついているとは思えなくなっていた。

雪乃のように吹雪を見せられたわけでもないのに、あまりに彼が儚い笑みを浮かべているから、今にも消えてしまいそうに感じたのだ。

河野は「そのときが来たら……か」と呟き、麻理に諦めた笑顔を見せる。

「ひっそりと死ぬだろうね。中には力尽きるまで人間に悪さをする妖怪もいるけど、僕はそういうことをしたくないし、誰にも知られることなく、ひとり消滅していくんだと思うよ」

それが妖怪という存在だから、と河野は言った。見れば、雪乃も河野に賛同するように穏やかな顔で火のない囲炉裏を見つめている。

まるでそれは、終焉を待ちわびるよう。

ふたりの妖怪は、ただ静かに、滅びようとしていた。全てを受け入れて、仕方のないものだと割り切っている。

しかし、麻理はムカムカしてきた。どうしてこんなにも、ふたりは諦めているのだろう。ただ死を待つその顔は好きじゃない。

気づけば麻理は、考えるよりも先に声を出していた。

「そんなの、嫌です！」

「……伊草、さん？」

キョトンと、鳩が豆鉄砲を食ったような顔をする河野。口から言葉が出てしまったなら仕方ない。麻理は自分の気持ちをはっきり口にした。

「それがどんなに逃れられないことだったとしても、まだ河野さん達は生きてます！　だから、今すぐ消えてもいいみたいな顔をしないでください」

なにもかもを諦めた顔なんてしないでほしい。だってふたりは、まだこの世界に存在しているのだから。

「河野さん達は、私が人間だから、妖怪の事情を話しても無駄だって思っているように見えます。私に話したところで未来は変わらないって。だから、そんな顔をするんです」

麻理に、人間への不平不満を言ったとしても、現状は変わらない。目まぐるしく新しい情報が否応なくなだれ込んでくる時代。古いものは気づかないうちに忘れられていく。

言葉が一年足らずで死に絶え、新しい言葉が湧き水のように生まれる。そんなまるで早送りのような『現代』に、古きものは諦めを通り越して絶望の境地に至っても仕方がないのかもしれない。現に、地方の妖怪は人間から忘れられ、その存在を消滅させていくというのだから。

だが、それでも――麻理は信じた。目の前の雪女と河童を、妖怪だと認識したのだ。

「誰もが忘れたとしても、私は忘れない。私が生きている限り、河野さん達は生き続けます。そして私から次の世代、そのまた次の世代へと言い伝えられていけば、河野さん達は消えない。だから……そんな顔はしないでください」

まっすぐに河野を見つめて、麻理は言う。

その真剣な表情をまじまじと見ていた河野だったが、ふいに横で、くすっと小さな笑い声が聞こえた。それは、雪乃だった。

「……なるほどね。河野君が伊草さんに正体を教えた理由がわかった気がする」

そう言って、彼女は麻理を優しく見つめた。

「あなたのような瞳を持つ人は久しぶりだわ。まだまだ人間も、捨てたものじゃないのかもしれないね」

目の醒めるような美人に見つめられて、麻理は思わず照れてしまった。それに、なんだか勢いのままとても恥ずかしいことを口にした気がする。

「あ、いや。……逆にすみません、妖怪の事情もあまり知らないのに、適当なことを言ってしまって」

カリカリと麻理が照れ隠しに頭を搔いていると、すっかり汗をかいたグラスを手に取った河野が、ほのかに唇の端を上げた。

「雪乃さんの指摘は間違っていないかもしれないね。僕はさっき、思わず正体をばらしてしまったけれど……本当は、伊草さんなら大丈夫だと思ったのかもしれない」

そう言って、少しぬるくなったお茶を飲み切る河野。麻理はそんな彼を、不思議そうに見つめた。

妖怪としての話を終え、お茶も飲み終わった河野は、ようやく仕事をはじめた。配置薬の補充と使った薬の精算。今回雪乃が使っていたのは、目薬とかゆみ止め、そしてうがい薬だった
「雪乃さん、風邪でも引いたんですか？」

精算用のタブレットの操作をしながら、河野がたずねる。ガラスコップを土間の台所で片づけていた雪乃は「ああ」と思い出したような声を出した。

「喉の調子が悪かったのよね。職場のクーラーに当てられすぎたのかも」

「冷え性って、本当に大変ですね」

河野の仕事をメモしながら、麻理が言う。すると雪乃は「そうなのよ～」と困った顔をしながら居間に戻ってきた。

「手足がしびれてくるし、体はずっとだるいし、おまけに頭痛もするし。クーラーの風って本当に苦手！　雪女を凍えさせるだなんて、おそろしい機械だわ」

ブルブルと震えながら心底げんなりした顔でぼやく。たしかに雪女が寒がるなんて、クーラーは凄い家電だ。『雪女だって冷やされちゃう。確実な冷却を、あなたに』なんて、新しいクーラーのキャッチコピーを思いついてしまうほど。しかし雪乃は本当に苦労し

ているのだろう。

「じゃあ、ハチミツショウガなんていかがですか？　声の仕事をしているんですから、喉にいいものを摂取したほうがいいでしょう」
ピ、ピ、と精算機のタブレットを操作しながら河野が提案した。すると雪乃が「うーん」と困ったように腕を組む。
「ショウガやハチミツは自分でもためしてみたけど、あんまり効いてる気がしないのよね」

「それは飲み方に問題があるんですよ。適当な雪乃さんのことだから、水で溶いて飲んでませんか？」

淡々とした口調で河野が聞くと「適当って失礼ね！」と雪乃が怒り出す。

「まあ、そのとおりだけど。それじゃ駄目なの？　温かい飲み物って苦手なのよね〜。私、猫舌だし」

うんざりした表情で雪乃が舌を出す。そんな仕草をしても、彼女は美人だから妙に可愛く見えてしまう。

「雪女が熱いものを食べると、溶けるって聞いたことありますけど、そこは大丈夫なんですか？」

麻理がおずおずと聞けば、雪乃は明るく笑ってパタパタと手を上下に振った。

「やあねえ、そこまでヤワじゃないわよ〜。お風呂だって毎日入ってるし」

「お風呂⁉　ほ、本当に溶けないんですか？」

幼少の頃に読んだ絵本では、雪女はたしかに熱いものに触れて溶けていたのだ。風呂など、入った瞬間にしゅわしゅわと溶けてしまいそうで、麻理は身震いする。

「雪女にもいろいろいるのよ。鬼から派生した雪女とかね。私みたいに最初から雪女だった物の怪はお風呂も平気なの。凍死した女性の霊が実体化した雪女や、雪の精が女体化した物の怪は、溶けてしまうタイプの雪女ね」

「たとえば、動物でネコ科といっても、可愛いイエネコから獰猛《どうもう》なライオンまで種類豊富でしょ？　ひとくくりに雪女といっても、さまざまなんだよ」

河野の補足に雪乃が同意するように頷き、しなをつくって可愛らしく首を傾けた。

「もちろん、私は愛らしいイエネコタイプよ！」

「雪乃さんは間違いなくサーベルタイガータイプの雪女ですよ」

サラッと答える河野に、雪女が「ひっどーい！」と怒り出す。どうやらこのふたりは、いつもこんな調子で会話をしているようだ。

「サーベルタイガーなんて、すでにもう絶滅してるし、縁起悪い！　ほとんど伝説みたいな存在じゃない」

「間違ったこと言ってないでしょ。雪乃さんはほとんど伝説みたいな存在じゃないですか」

「それなら河野君だって似たようなものじゃない」

憤然と言い返す雪乃に、河野はフッと自虐的な笑みを見せる。そしてかぶっていた中折れ帽を軽く手で抑えた。

「堕ちた依《よ》り代《しろ》と月世界から雪と共に降りてきた姫では比べようもない。今の僕はあなたのように氷を作り出すことも、雪を降らせる能力もない。……ただ、古《いにしえ》の記憶を頼りに薬を煎じるだけしか能のない、残りかすのような存在ですよ」

そう言った河野は続けて雪乃に「ショウガありますか？」とたずねた。どこか不満そうな顔をして首を横に振る雪乃を見て、彼は立ち上がる。

「すみませんが、近くの商店街でショウガを買ってきます。すぐ戻ってきますので、伊草さんはここで待っていてね」

河野は早足で家を出てしまった。お客さんのために買い物までするのかと、麻理は目を丸くする。いや、相手が同じ妖怪だからこそなのかもしれないが。

「あの、氷室さん。さっき河野さんが言っていた『雪と共に降りてきた姫』ってどういうことなんですか？　氷室さんってお姫様なんですか？」

麻理が気になったことをたずねると、雪乃は囲炉裏の前で横座りになり、クスクスと笑う。

「お姫様っていうのは、きっと昔話とかけているのね。たしかに、人間の書いた逸話によると、私は月から雪と一緒に降りてきた、月の姫だといわれているわ」

「つ、つまり……かぐや姫、ですか？」

麻理の知っている月の姫といえば、かぐや姫しか思いつかない。だが、雪乃は首を横に振った。

「あれは妖怪じゃないから、また違うお姫様ね。私は、雪を纏う美しい女として月から降り、男を虜にした。……その辺りは、かぐや姫と同じね。きっと昔の人間は、月を神聖視していたんでしょう。美しいものは月からやってくると思っていた。私の逸話もそんな信仰心から生まれたんでしょう」

麻理が幼い頃聞いた物語のかぐや姫も、たくさんの男を魅了していた。帝《みかど》までが彼女に夢中になったのだ。

「実際、大昔の私は、雪と共に移動するたび、男性との出会いがあったわ。会う人皆、私に恋をした。嫁になってほしいとせがまれ、戯れに結婚したことだってある」

ふ、と遠い目をする雪乃の瞳は乾いていた。懐かしさも、寂しさも感じていない、まるで他人の昔話をしているように、淡々とした口調だった。

「数えるのも馬鹿らしくなるくらい、たくさんの出会いと別れを繰り返して、あるとき私は、好きな男の死に目ばかり見ているなあって、虚しくなったのよ」

妖怪は、その存在が忘れられたときに消滅する。逆に言えば、人々が雪女という存在を信じている限り、彼女は消えることがない。

それに比べて、人間の生きる時間は有限だ。泣いても笑っても、寿命というどうしようもないピリオドはいつか来る。若者もいつか老い、あるいは病にかかって、その命という名の灯《ともしび》を消していく。

雪乃はずっと、そんな人間の死を見つめていたのだ。何度も、近くで。

「氷室さんは男を虜にしたと言っていましたけど、違うんですね。たしかに男の人はあなたに恋をしたのかもしれませんが、あなたもまた、恋をしていたんですね」

静かに言葉をかける麻理に、雪乃は苦笑して頷いた。

「そう、馬鹿なのよ、私。雪女なら、物の怪らしく、男を手玉に取って転がすような悪女になれたらよかった。でも、どうしてもなれなかった。私、基本的に惚れっぽいんだよね」

ひょいと肩をすくめる雪乃に、麻理はどうしても笑顔が返せない。だが、雪乃は「やあねえ」と言って明るく笑った。

「そんなに深刻な顔をしないでよ。大丈夫、私、立ち直りだけは早いの。過去の男のことはすっかり割り切ってるし、今は今で、面白おかしく毎日を生きているんだから。真夏のクーラーだけはどうにかしてほしいけどね」

茶目っ気のある瞳で見つめられ、麻理はようやく「そうですね」と笑みを見せた。

そのとき、突然雪乃がズズッと彼女に近づく。

彼女の白く細い手が麻理の手に触れると、それは雪のように冷たく「わっ」と驚いた声を上げてしまった。

「あ、ごめんね。私、雪女だから、体がめちゃくちゃ冷たいのよね」

「いえ、いきなりだったのでびっくりしただけです。はあ、本当に雪女なんですねえ」

そばにいると、雪乃からひんやりとした空気を感じる。冬はともかく、真夏はそばにいるととても気持ちがよさそうだ。くっついて寝たら、冷感抱き枕になるだろう。

「私からもひとつ聞きたいんだけど、麻理ちゃんはさっき、雪女の私を凄いって言ってくれたじゃない？　……怖いって、思わなかったの？」

雪乃を見つめると、彼女は本当に美しい顔立ちをしていた。美人は、同性であっても見惚れてしまうものなんだなあと思いながら、麻理は「はい」と頷く。

「氷室さんは、私がきらいじゃないでしょう？　だから怖いなんて思いません」

「きらいじゃないなんて、初対面でどうしてわかるの？」

「何度かきらわれたことがありますから。なんとなくわかっちゃうんです。私、ちょっとデリカシーに欠けてるみたいで……ずかずかと他人の心に土足で踏み込んでしまうところがあるから、それが嫌と感じる人には、とてもきらわれてしまうんです」

人との距離の測り方がわからないと言えようか。ある意味、麻理はとても不器用な人間だった。一見、人当たりがよくて気さくで、誰とでも仲よくなれる。活発な性格も手伝って、麻理はとても営業職向きと言える人格を持っていた。

しかし、自分の心に踏み込まれたくない人間もいるのだ。最初はもっと距離を取ってゆっくりと近づいてほしい人もいるのに、麻理はその辺りのさじ加減がわからず、そういった人にも常に全力で近づいてしまう。ゆえに、きらわれる。

麻理が俯いていると、そっと彼女の手を雪乃が握った。保冷剤を当てられているみたいに冷たい。けれども、不思議と心の冷たさは感じなかった。

「その性格で、苦労をしたのね」

「人の心の機微を読み取れないんです。私はただ、仲よくしたいだけ。でも、時としてその気持ちは、単なるお節介。迷惑でしかないんです。私は、相手が傷つくまでそれに気づかないことが多くて……」

知らずに傷つけたり、傷つけられたりすることもあったけど、それでも麻理は人と仲よくしたいという気持ちをなくせない。

人と話すのが好きだ。知らない話を聞くのが好きだ。自分と共に過ごして、笑顔になってもらえると嬉しい。だから麻理は、配置薬販売業という職業についた。

訪問販売は時にはつらいこともあるけれど、人と親密に関わることが大好きだったから。

「……麻理ちゃんは、本当にいい子なんだね。あなたになら、河野君をお願いできそうな気がする」

「え？」

お願いとはどういうことだろう？　麻理が首を傾げると、雪乃は切なそうに微笑んだ。

「河野君は、力を失った物の怪なのよ。私の口から、これ以上詳しくは話せないけど、あなたになら……河野君が教えてくれるかもしれない」

雪乃の瞳は、よく見ると不思議な色をしていた。雪女だからだろうか。黒いと思っていた瞳は濃い緑色で、吸い込まれそうなほどに澄んだ宝石のよう。

「彼はさっき、自分のことを残りかすだと言ったでしょう？　私もね、かつてはもっと力を持った雪女だったわ。でも、今は水を凍らせたり、小さな吹雪を起こすくらいが精いっぱいなの。ひと吹きで人間を凍らせるなんて、もうできない。……私は雪女だけど、なれの果てなのよ」

今という時代。人々から忘れられそうになっている妖怪達は力を失い、いずれ誰の記憶にも残らなくなったとき、その妖怪も世界から消滅するのだ。

多くの妖怪達は、滅びの日を予感しながら、ひっそりと街の片隅で生きている。

「でも、麻理ちゃんがそばにいたら、私はもう少し長生きできそうって思えた。あなたのまっすぐな言葉には、それくらいの力があったの。あなたの仲よくなりたいという気持ちは、人間のみならず、物の怪の心を動かす力もあるのね」

雪乃の言葉に、麻理はなんだか泣きそうになってしまった。自分はそんな素敵な力を持つ人間ではない。だが、彼女が否定の言葉を口にする前に、雪乃は麻理の両手を冷たい手で包み込む。

「わかりあえない人間がいるのは当たり前よ。だから、私はあなたの行動が『正しい』とは言わない。でもね、相手が奇怪な存在でも、ただ諦めていた私達を怒ってくれた麻理ちゃんの言葉は、胸に響いたわ」

「氷室さん……」

「麻理ちゃん。あなたは、あなたのままでいいと思う。あなたの人柄が原因できらわれることがあったとしても、一方であなたを好きになる人は、そんな麻理ちゃんの人柄を好きになるんだから」

その心を大切にして、と、雪乃は言った。たとえようもないなにかに許された気持ちになって、麻理はコクコクと何度も頷く。

そのとき、ガラリと引き戸が開き、白いビニール袋を提げた河野が戻ってきた。

「ただいま……って、なにしてるんですか？」

畳部屋を見るなり、怪訝な顔をする。雪乃と麻理は寄り添って手を繋ぎ合っていたのだ。急に照れくさくなって赤くなる麻理に反して、雪乃は明るく笑った。

「ちょっと親睦を深めていたのよ。ところで河野君、ショウガは買えたの？」

雪野の言葉に、河野は「はい」と頷きながら、慣れたように土間の台所へ立つ。おそらく今までも雪乃のために、いろいろと作っていたのだろう。「スライサーを借りますよ」とひと言言うと、戸棚の引き出しを開けて野菜スライサーを出した。

なにを作っているのか気になった麻理は、土間に降りて河野の隣まで移動する。雪乃は河野を挟んで反対側から覗き込んでいた。

河野は皮のついたショウガを、しょりしょりとスライサーで薄く切り、ボウルにためる。そして、たっぷりの水を入れて、作業台に置いた。

「コレはしばらくアク抜きをします。ショウガは、皮が薄いものを選ぶと、お料理にも使えるので便利ですよ」

そうして河野はチラリと腕時計を見る。もう少し時間に余裕があると見た彼は、雪乃に顔を向けた。

「今日はこれから仕事ですか？」

「ううん。収録は終わったから、もうフリーよ」

「なら、簡単なレシピも教えますので、夕飯を頑張って作ってください。面倒くさがらないでくださいね」

「はーい」

心底面倒そうに生返事をする雪乃。どうやら彼女は料理をするのが苦手のようだ。それはともかく、ひとつ気になった麻理は雪乃に顔を向ける。

「収録って、氷室さんはなんのお仕事をされているんですか？」

「あ〜、私はね。放送局で働いているの。ディスクジョッキーをしていてね。この辺りで流れてる『ボリュームＦＭ』って知ってる？」

「知ってます！　だって私、営業車でいつも聴いてますから。今日も、河野さんと聴いていましたよ」

「本当？　私ね、I・soundって番組を担当しているの」

「聴いてます！　それ、営業エリアの移動中にすっごく聴いてます。わあ、感動！　ここで初めて声を聞いたときに、どこかで聞いたことがある声だなって思いましたけど、氷室さんはラジオDJの『ユッキー』さんだったんですね」

「ふふ、雪乃でいいわよ。これからも聴いてくれると嬉しいわ」

I・soundは、ボリュームFMという放送局が流しているラジオ番組だ。耳心地がいい美声を持つDJユッキーによる人気長寿番組で、リクエスト曲の紹介からフリートークまで楽しめる。麻理がいつも楽しみにしていたラジオ放送だった。

「雪乃さん……って、お言葉に甘えて呼ばせてもらいますね。雪乃さんの声はとても綺麗だから、アナウンサーの仕事がとても合ってると思いますけど、お顔も綺麗だから、モデルや女優も向いていそうですね」

「ありがとう。私、お芝居はできないし、写真を撮られるのも好きじゃないから、顔を出すお仕事はしたくなかったのよ。でも、声を出す仕事は好きだったからね。それに、さりげなく妖怪話を発信しているのよ。人間には少しでも長く妖怪の存在を覚えていてほしいからね」

「それって、フリートークのときに『いきなり怪奇！　ゲリラホラー』って言って、実話系のオカルト話をはじめるあれですか？　たしかによく妖怪が出てきますけど、もしかして本当の話なんですか？」

「あははっ、あれはねー。知り合いの妖怪の話を聞いて脚色した作り話なの。前に話したのは、妖怪化け狸の復讐、だったよね。聞いた？」

「聞きました！　化け狸が次々と変化《へんげ》して、いじわるな男を怖がらせる話でしょう？女の頭がグルッと一回転したところの話し方が、すごくリアルで怖かったです。でもいじわるな男は浮気性の最低な男だったので、ちょっぴりすっきりしましたね」

麻理がラジオで聴いた話を思い出しながら言うと、雪乃は楽しそうに笑う。

「実は本当に、知り合いに化け狸がいるの。彼が勤めてる会社に、女の敵みたいなわるーい男がいたのね。それで、彼がちょっと懲らしめたことがあったのよ。その話を聞いて、面白い作り話を思いついてね、ラジオで話してみたの」

「へえ〜……って！　ば、化け狸が、会社勤めしてるんですか⁉」

驚きに目を丸くしてしまう。そんな麻理に、雪乃が「そうよ〜」と手をパタパタ上下させた。

「化け狸だけじゃなく、妖狐《ようこ》も働いているわ。妖怪もいい生活をしたければお金を稼がないといけないってことね。働かざるもの食うべからず。妖怪だって例外じゃないわ」

「世知辛い世の中ですねえ……」

麻理が切なく相づちを打っていると、ふたりの間で作業をしていた河野が「ちょっと」と寂しそうな声を出した。

「仲よくなるのは結構だけど、雪乃さんのためにこれを作っているんだから、僕のことも見てよ……」

河野は寂しそうな顔をしながら、アクを抜いていたショウガの水を切る。麻理と雪乃が慌てて河野に注目すると、彼はクッキングペーパーでショウガの水気を取り、ガラスの保存びんに入れた。次にスーパーの袋から取り出したのは、ハチミツのボトルだ。

「ハチミツの量は、スライスしたショウガにかぶるくらいが目安かな。ハチミツには強力な殺菌作用があって、ショウガには体を温める効果がある。風邪の引きはじめにぴったりなんだよ」

目分量でガラスびんにとろとろと、ショウガがひたひたになるまでハチミツを入れる。

「食べ物で体を温めたり、風邪に効果があったりするなんて、まるでお薬みたいですね」

「そう、まさに。これは薬膳料理のひとつなんだよ」

河野の言葉に、麻理は「これが薬膳料理ですか？」と驚いた。

「なんだか薬膳料理にしてはシンプルですよね。あれはもっと特殊な食材や生薬を使っているイメージがありました」

前に、テレビで薬膳料理を紹介していたのを見たことがある。それを思い出しながら麻理が言うと、河野は軽く笑った。

「たしかに、お店で食べる『薬膳料理』は、一般家庭には常備していない食材を使うことが多いかもしれないね。でも、本来の薬膳料理というのは、もっと身近に存在していると僕は思っているんだよ」

キュッとハチミツショウガのびんに蓋《ふた》をしつつ、河野は麻理に目を向ける。

「西洋医薬や漢方薬は、今すぐ治したい風邪などの病気には、一番だ。それに対して薬膳料理は、体の免疫力を上げるような、内面にゆっくりと働きかけるものが多い。体調不良を未然に防ぐための予防薬といえるね。だからこそ、手に入りやすい食材を使って、体調に合わせた食事を無理なく続けることが大事なんだ」

「……なるほど。特別な食材を使わない薬膳料理。それなら私も作ってみたいなって思えてきますね」

ふむふむと感心する麻理の向こう側で「続けるのが難しいのよ～」と雪乃が文句を言っ

ていた。

河野が呆れた視線で、じろりと雪乃を睨む。

「ただでさえ、妖怪は西洋医術の飲み薬が効かないんだから、雪乃さんはもう少しまめになってください」

「妖怪にだって向き不向きがあるのよ。私もまた結婚したいな〜。家事力が高くてお金いっぱい持ってて、浮気しないイケメン、転がってないかしら」

「そんなこと言ってるから、いつまで経っても雪乃さんは独り身なんですよ」

「ひどーい！　昔はね、もっとまめで、愛情深い男が多かったのよ。今の男は文句だけは一人前。そのくせ自分中心で寂しがり屋で、快楽主義者なの。一途な日本男児はどこに行ったのかしら」

「それって、どれだけ昔の話をしてるんですか？　というか雪乃さんだって文句ばっかりの快楽主義者じゃないですか。あと、昔の男で金持ちなんてひと握りでした。そして金持ちの男は今の男と変わらず……いや、昔のほうが女遊びが酷くて一途なんてほど遠くて」

「あーうるさいうるさい。河野君うるさい。説教くさい！」

しばらく言い争いをしたあと、雪乃は両手を耳に当ててそっぽを向いてしまった。河野は呆れたようなため息をついて、ずれかけていた中折れ帽のつばを手で押さえる。

「雪乃さんは、昔から、ずーっとこんな調子でね。僕が時々様子を見に来ないと、勝手に溶けていそうで心配になるんだ。世話のかかる雪女だよ」

げんなりした表情でぼやく河野に、思わず麻理はぷっと噴き出してしまう。

「なんだか河野さんって、雪乃さんのお母さんみたい」

「お母さんってどういうこと⁉　せめてお父さんって言ってよ！」

河野の非難に、麻理はますます笑ってしまう。

「すみません。お父さんっていうより、やっぱりお母さんです。だって、私の母も河野さんみたいなことばかり言うんですもん」

「本当に口やかましい母親の典型みたいなヤツなのよね。なまじ、和薬に精通してるものだから、やれ健康に気を使えだの、妖怪も体を壊せば人間と同じだの、しつこいったらないの。河童のくせして、あんたは私のおばーちゃんか！　って思うわ」

「お母さんもひどいのに、雪乃さんに至ってはおばあちゃんとか！　だいたい、悪いのはいつだって雪乃さんなんだよ。雪女のくせに冷え性とか、雪女界隈でも前代未聞です。そんな変な雪女、雪乃さんだけですからね！」

「ひっどい！　悪いのは、確実に部屋を冷蔵庫並みに冷却するおそろしい機械を作った人間じゃない。私だって、クーラーがなかった時代は冷えなんて無縁だったもん！」

なんだか責任転嫁のようなことを口にしながら、ぷんぷんと雪乃が腰に手を当てて怒り出す。このふたりは本当に、大昔からこんな調子だったのかもしれない。

河野は「全く、口が減らない」とブツブツ呟き、ショウガハチミツの入ったびんを、雪乃に押しつけた。

「これ、一週間くらい寝かせてください。飲み方は、お湯で溶いたものをタンブラーに入れて、クーラーの効いた職場でゆっくり飲むといいですよ。夜は、ホットミルクにまぜてもおいしいですから、ちゃんと毎日飲むんですよ」

「ホットミルク！　おいしそう。私も家で作ってみようかな」

麻理が食いつくと、河野はにっこりと微笑み「簡単だから作ってみて」と頷いた。

「医食同源《いしょくどうげん》という言葉があるんだ。日頃からバランスのよい食事を心がけ、病気を予防しようという考えだよ。おいしく食べて健康を保つ。とてもいい考え方だと思わない？」

河野の言葉に「そうですね」と麻理は相づちを打った。医食同源はよく聞く言葉だ。

麻理はひとり暮らしをしているが、料理は苦手で毎日適当に済ませていた。今日から少し意識してみようかと思う。

「それから雪乃さん、クーラーで冷え性になるなら、首を温めたほうがいい。ストールを巻くとか、工夫してみてください。適度に腕をまわしたりして、血行をよくするのも意識して」

「はあい。心がけまーす」

雪乃の面倒そうな間延びした返事を聞いて、河野はしかめ面をした。そして畳部屋でアタッシュケースを開けると、手のひらサイズの紙袋を彼女に渡す。

「これは僕が調合した薬草です。トウキとヨモギの葉を干したものですから、これをお茶パックに詰めて、お風呂に浮かべるといいですよ。冷え性改善になるので、ゆっくり半身浴をしてくださいね」

「ああ、助かる〜！　河野君の薬草は本当に効きがいいから助かるわ。さすが河童よね」

紙袋を受け取って機嫌よく笑顔になる雪乃に「調子がいいですねぇ」とため息をついて、河野は立ち上がった。

「では、長居してしまいましたが、そろそろおいとましましょうか。夕食のレシピを書いておきましたから、ちゃんと作るんですよ」

「はいはい」

あくまでやる気のない雪乃の生返事に、河野は「本当に作るのかなあ」と呟やく。

「いいですか。冷蔵庫に貼っておきますよ。コンビニで買ったビールと枝豆と焼き鳥で済ませたら怒りますからね」

アタッシュケースを片手に、河野が冷蔵庫にメモ用紙を磁石で留める。そんな彼を見ながら、雪乃がギクリと体を震わせた。

「だ、大丈夫よ。なにそんな、人の私生活を全部見たようなことを言うのよ。やあねえ」

「雪乃さんならやりかねないからですよ！　本当にそんな食生活なんですか？　なげかわしい。金持ちで浮気しなくて顔がいい男を捕まえたいなら、もっと健康な生活を心がけて、ビールで夕飯を済ますような真似は――」

「あーあーうるさいー！　将来私がゲットする男は家事能力がパーフェクトで、私にごはん作ってくれるイケメンだからいいの！」

「顔がいいだけでうまくいくと思ったら大間違いですよ！」

「私の美貌は河野君の皿くらい大事なアイデンティティなの！　だいたい、ビールだって栄養あるもん。原材料麦だし！　焼き鳥も枝豆も体にいいもの入ってるし！　姑河童！」

「ちゃんとごはんを食べなさいって言ってるんです。雪女のくせに冷え性！」

喧々囂々《けんけんごうごう》と互いに喧嘩腰で罵り合う。麻理はビジネスバッグを手に掴みながら「まあまあ」となだめた。ここに来るたび、こんな喧嘩をしているのだろうか。

それにしても、コンビニでビールや枝豆を買う雪女がいるなんて、今は凄い時代だなあと麻理は思ってしまう。

河野が玄関の引き戸を開けると、雪乃は見送るためについてきた。

「ま、今日もお世話になったわ。なによりも、麻理ちゃんとも仲よくなれて嬉しい。また、顔を見せに来てね」

「あ……はい！」

麻理が大きく返事をすると、雪乃は意味ありげに微笑み、彼女の手をきゅっと握る。

「河野君のこと、よろしくね。彼、水系妖怪だから、すぐにズブズブ落ち込むの。あなたの明るさで前を照らしてあげて」

「……私ひとりの力でなにかできるとは思えないですけど、できるだけ河野さんには前を向いてもらえるように、頑張りますね」

麻理が返事をすると、雪乃は満足そうにニッコリと頷いた。

挨拶をして古民家を去る。雪乃はずっと、ふたりに手を振っていた。

駐車場に戻って車に乗ると、河野は「さっきのやりとりだけど」とたずねてきた。

「一体雪乃さんとどんな話をしていたの？　僕が水系妖怪だからズブズブとか、前を向いてもらうとか、いろいろ話していたけど」

「それは、うーん……内緒です。あ、でも悪口じゃないですよ。雪乃さん、河野さんを心配しているみたいでした」

助手席でシートベルトを締めていると、河野も運転席に座って「なにそれ」と怪訝な顔をする。

「彼女が僕を心配する意味がわからないんだけど。逆に僕のほうが心配だよ。ほんとにごはん、真面目に作ってくれるのかなあ」

「作りますよ。……たぶん」

美人で気さくな雪女。だけどちょっと大雑把で、面倒くさがり。妖怪もずいぶん人間くさいものだ。いや、人間の幻想から生まれた存在なら、似ていて当然なのかもしれない。

「それにしても、本当に妖怪って、いるんですね」

ぼんやりと麻理が呟く。次の客の家に向かって車を走らせながら、河野がくすりと笑った。

「僕が河童だって、やっと信じてくれた？」

片手ハンドルで、中折れ帽を軽く抑える。河野を横目で見て、麻理は「そうですね」と頷いた。

「少なくとも、円形脱毛症に悩む先輩、とは思いませんね」

「ちょっと言い方考えてよ〜」

「あはは っ！　ごめんなさい。そうですね、たしかに私が思い描いていた河童とは全くイメージが違いましたけど……」

麻理は前を向いて、住宅地を走る細い路地を眺める。

この、少し古さを感じる街並みは、不思議と物の怪の雰囲気に似合う気がした。

河野がずっとこの地に棲んでいたのは、この街の風土が自分に合っていたからなのかもしれない。山があって自然豊かな渓谷があって、常に山からの息吹を感じる、この、穏やかな街を。

「心配性で、世話焼きで、ちょっと現実に対してネガティブなところがあるけれど、心はとても優しい。そんな河童もいるんだなあって、知りましたよ」

ちらりと河野を見ながら言うと、彼はぎょっとした顔で麻理を見て、運転に集中するように前を向き、中折れ帽を目深にかぶった。

「え、やめてよ。そ、そういう風に、おだててほしいわけじゃないのに」

「河野さん、照れてるんですか？」

「照れてない！　ゆ、雪乃さんのところで長居しちゃったから、さっさと行くよ。次は人間のお客さんだからね。八十歳のおばあちゃん。その次は、小さいお子さんのいる奥さんが家にいるはずだから」

早口で予定を話す河野にくすくすと笑いながら、麻理は窓の外を見る。

そこかしこに雑草の生える古い路地。色あせたブロック塀の角から、ひょっこりと妖怪が覗いている気がした。

第二章　ひきこもりの山神様はドライアイ

今日は土曜日。世間では休日の会社が多いだろう。しかし、麻理が勤めるニワトコ薬局は出勤日だ。なぜなら、土曜日でないと在宅していない顧客もいるからである。

河野のアシスタントになって四日目。会社で朝礼をして、河野と共にルート営業へ向かう。車の運転は日ごと交代で行っているので、今日は麻理が運転席で、助手席に河野が座った。

営業車の中ではカーラジオが朝の番組を流している。麻理はチャンネルを『ボリュームFM』にして、ハンドルを握った。

「今日は駅前のエリアをまわるから、駅のほうに向かってくれる？　もう少ししたら僕がナビするからね」

「はい、よろしくお願いします」

助手席から河野に声をかけられて、しっかり前を向きながら麻理は運転をする。麻理は運転免許を取ってまだ二年だ。しかも一年半はペーパードライバーも同然で、まともに運転しはじめたのはニワトコ薬局に就職してから。つまり、半年ほどしか運転キャリアがない。

真剣にもなろうというものだ。安全運転を自分に言い聞かせながら、麻理は慎重に車を進めた。

まだまだ運転の腕はつたないが、ルート営業に主軸を置くニワトコ薬局の社員に運転技術は必須だ。いつかはひとりで営業エリアをまわる日が来るのだから、それまでに少しでも運転に慣れておかなければならない。

赤信号で車を停め、信号機を睨みつけながら青に変わるのを待っていると、隣で河野がクスクスと笑った。

「伊草さんの運転はこれで二回目だけど、そんなに肩に力を入れていたら、一日ももたないよ」

河野のアシスタントになった次の日は麻理が車を運転したのだった。あの日、緊張のあまり体中に力を入れていて、仕事を終えて帰った頃にはへとへとになったのを思い出す。

「入社して半年が経ちますけど、未だに運転に慣れないんですよ。ずっとペーパードライバーでしたから」

「会話でもしながら運転したらいいよ。安全運転は大切だけど、精神的な疲労も運転の敵だよ。ほら、これでも食べて」

河野がなにかを差し出してきた。まだ赤信号だったので麻理が横を向くと、口の中にあまいものが押し込まれる。

「むぐっ!? ん、これ、抹茶飴だ」

ころんと舌の上を転がるのは、ほろ苦い風味がありながらも、しっとりした甘さのある抹茶飴。どこか懐かしい味に、思わず麻理の表情がほんわかと癒されたものに変わる。

「飴にはリラックス効果があると言われているんだよ。おいしい？」

「お、おいしいですけど。河野さん、いろいろな食べ物を持ち歩いているんですね」

河野と組んだ初日も、彼からカリカリ梅をもらったのだった。それを思い出しながら言うと、河野がニコニコと微笑む。

「ちょっと食べられるものを仕込んでおくと、お客さんとの会話が弾むんだ。お子様用の包装キャンディもあるよ。どこで必要になるかわからないからね」

なるほど。営業に使えるものはなんでも利用するところが凄腕の販売員らしい。ころころと飴を口の中で転がしながら、麻理はそんなことを考える。それと同時に、先ほど口に飴を突っ込まれたとき、彼の指がわずかに自分の唇に触れたことを思い出してしまった。

なぜかむしょうに照れてしまって、麻理の顔が真っ赤になる。なぜだ。河野への淡い憧れは、彼の正体を知ったと同時にはじけて消えたはずなのに。

青信号になって、麻理は運転を再開する。この妙な気持ちを運転の集中力と世間話で紛らわせようと、ハンドルをギュッと握りしめた。

ラジオからは今日の天気予報が流れている。それを聞き流しながら、ふと、麻理は朝に見たテレビで、気になるニュースがあったことを思い出した。

「そういえば、また集団食中毒のニュースが出ていましたよ。今度は高齢者福祉施設らしいですけど、なんだか妙に続きますよね。しかもまだ原因が特定されていないんですよ」

「僕も見たよ。この前も、ラジオで食中毒のニュースをやっていたね。涼しくなってきたとはいえ、料理をするからには生モノの扱いに気をつけないといけないね」

助手席で、河野は鞄からミネラルウォーターのペットボトルを取り出しながら話した。

そしてなぜか、霧吹きも取り出す。

河野は霧吹きの中にミネラルウォーターを注ぐと、キュッと蓋を閉めた。

さすがになにをしているのか気になった麻理は「あの」と声をかける。

「なに、してるんですか？　それ、霧吹きですよね？」

「そうだよ。僕、河童だから、定期的にお皿に水をかけておかないと、倒れてしまうんだよね」

「……そっ、そんな、そんな設定が⁉」

思わず素《す》っ頓狂《とんきょう》な声を出してしまう。河野は「設定？」と首を傾げながら、極めてナチュラルに中折れ帽を脱いだ。麻理は思わず河野を視界に入れないように、フロントガラスを見つめる。

円形脱毛症ではないのは理解できたが、彼の皿を見る勇気は、まだ出ないのだ。なにせアレはショッキングすぎた。渋顔イケメンの頭頂部に直径十五センチほどの肌色が円形に広がっているのだ。よくよく思い出してみれば、あれは頭の形に反して皿のように平べったい円形だった気もするが、もう一度観察する気にはなれない。

しゅ、しゅ、と音がする。河野が、霧吹きで皿に水をかけているのだろう。想像すると非常にシュールな光景だ。麻理はえもいわれぬ複雑な気持ちになりながら、駅に向かって車を進める。

「いや〜、ずっと河童ってこと隠して生きていたけど、正体を知る人間がそばにいるって、すごく楽な気分になれるんだね。伊草さんに話してよかったなあ」

「そ、それはよかったですね」

「そうだね。とはいえ、伊草さん以外に教えようとは思わないけど。基本的に人間は怖いからなあ」

水をかけ終わった河野は、頭に部分かつらをパチッと嵌《は》めて帽子をかぶり直す。

「部分かつらのメンテナンスも終わったし、これで万が一帽子が外れても安心だね」

ふぅ、と河野は安堵のため息をついて、ペットボトルの水をコクコクと飲む。

車を運転しながら、麻理はなんとなく、あのときのことを思い出した。

それは河野の帽子が風に飛ばされ、彼から衝撃の正体を教えられたときのこと。

妖怪は、その正体を隠して生きる存在だ。そうしなければ生き残れない。人間は異端を前に排除しようとする生き物だから——。

先日、雪乃が麻理に言ったことだ。だが、それなら、どうしてあのとき、河野は麻理に正体をばらしたのだろう。

麻理が怖がると思わなかったのだろうか。麻理が他の人間に言いふらすと考えなかったのだろうか。

街の中で一番大きい駅が近づいてきて、赤信号で停まる。

麻理はちらりと横に座る河野を見た。彼はリラックスした表情でのんびりと車窓から景色を眺めている。

この人はあのとき、どんな思いで麻理に『自分は河童だ』と口にしたのだろう……。円形脱毛症という疑いをかけられたくなかったからと、本当にそれだけが理由だったのだろうか。それとも、別の理由があって、麻理なら『正体を知られても大丈夫だ』と思ったのか。

河野は雪乃の家で言っていた。咄嗟に正体をばらしたのは事実だけど『伊草さんなら大丈夫だと思ったのかもしれない』と。

どうして大丈夫だと感じたのか。それに対する答えは、まだ河野自身も掴み切れていないようだったが。

「駅前の交差点についたら、左に曲がってくれる？　そうしたら、マンションがいくつか見えてくるんだ。近くにコインパーキングがあるからね」

「はい、わかりました。……ところで、河野さん」

残り少なくなった抹茶飴を口の中で溶かし切ってから、麻理は勇気を出してたずねてみる。

「ん？」

「その。唐突な質問なんですけど、河野さんがお水にこだわっているのは、そのお皿に水をかけるから……なんですか？」

駅前の交差点で、左にハンドルを切る。

麻理から『河童』について質問するのは、ひどく躊躇《ためら》いがあった。本当は妖怪についていろいろ聞いてみたくて、好奇心だって人並みにあるのだ。しかし自らこうやって聞くのにはどこか滑稽さを感じ、まるで与太話に付き合っているような気分になる。河童ということはすでに信じてはいるものの、まだ、おとぎ話の感覚が抜け切れないのだ。

河野は「そうだねえ」と頷き、膝の上で指を組む。

「河童にとって水はとても大切なものなんだ。なんせ、皿が乾いたら力が抜けてしまって、全く動けなくなる。そして、いずれは死んでしまう。昔話で読んだことはないかな？河童におじぎをさせると、皿の水が流れてしまって、河童は無力になるんだよ」

「あ！　聞いたことがあります。有名な、河童とお相撲する話ですね」

小さい頃に読んだ河童の絵本にあった。村の子供と相撲をする河童の話。河童は強くて、どうしても勝ちたかった子供に、大人が囁くのだ。「よろしくおねがいします」と挨拶してごらん、と。

子供が土俵で挨拶をして頭を下げると、河童もつられて「おねがいします」と頭を下げてしまう。すると皿の水が全て流れてしまって、子供は難なく河童に勝利したという話。

「河野さん……お相撲したんですか？」

　思わず麻理が聞くと、河野はクスクスと笑う。

「あれは単なる作り話だよ。相撲を見るのは好きだけどね。でも、皿の水に関しては本当」

「だから常にお皿をしめらせておかないといけないんですね」

「そういうこと。本来の河童は、水なんてなんでもいいんだけど、僕はひと際水にこだわっててね。皿にかける水の種類によって、その日の調子が変わっちゃうんだ」

「へー……」

　河童は皿に入れる水によって調子が変わる。そんな情報は初めてだ。河野が個人的にこだわっているようだから、全ての河童がそうだとはいえないのかもしれないが。

「昔、外国の硬水をかけてみたら、体中がガッチガチに固まって、動きがロボットみたいになっちゃったんだ。二度と使いたくないって思ったなあ」

「硬水って、そういう意味での『硬い』じゃないと思いますけど……河野さんのお皿はデリケートなんですね」

「あと、間違えて味のついた水を買っちゃったこともあったよ。よくあるでしょ？　桃の味がする甘い水とかさ。一見透明だからわからなかったんだよ。それを霧吹きでかけたとたん、ドロドロに体が甘ったるくなって、全身から桃の匂いがしてさ、仕事にならなくて困り果てて、お風呂屋さんに飛び込んだこともあったなあ」

懐かしそうに河野が話す。皿にかけただけで全身に影響が出るのはたしかに大変だ。しかし、銭湯に行ったということは、あの皿を浴場で晒《さら》したのだろうか？

想像すると非常にシュールな情景になってしまって、麻理は慌てて首をぷるぷると横に振る。

「あ、そこのコインパーキングで停めよう。今日はこの辺りの住宅地を中心にまわるよ。平日がお仕事の顧客が中心になるね」

「はい。あ、私のアパートもこの辺りにあるんですよ。そこの角を曲がった、コンビニの裏なんです」

「ああ、伊草さんはあそこに住んでいるんだね。この辺りはコンビニもだけど駅前に大きなスーパーもあるし、便利でいいよね」

コインパーキングに停めて、車を降りる。バタンとドアを閉めて麻理が辺りを見まわすと、そこはアパートや高層マンション、そして一戸建てなど、さまざまな住宅が建ち並んでいた。ここに住みはじめてから半年。こうやってまじまじと住宅地を観察することはなかったなあと思う。

「最初はどこに行くんですか？」

「そうだなあ。たぶんこの時間ならご在宅だろう。まずは、あっちの住宅に行くよ」

大きなアタッシュケースを軽々と持って、河野がすたすたと歩いていく。麻理もチラシの入ったビジネスバッグを手に彼のあとを追った。

「今まで新人と一緒に顧客まわりをするときは、雪乃さんみたいな『お客さん』にあらかじめ人間のフリをするように電話でお願いしていたけど、伊草さんが一緒だとそういう気遣いをしなくていいから楽だなあ」

心なしか河野の足取りが軽い。隠さなくていいというのは気持ち的に楽なのだろう。

そんな彼の隣について、麻理は河野を見上げた。

「……それってもしかして、今日は妖怪の家に行くってことですか？」

麻理は河野と組んだ初日に雪女である雪乃に出会った。しかしそれから三日すぎているが、雪乃以外の妖怪に会うことはなかった。おそらく、河野の抱える顧客は妖怪よりも人間の客のほうが遥かに多いのだろう。と、いうより、妖怪の数が圧倒的に少ないのかもしれない。

麻理の問いかけに河野はいたずらっ子のような茶目っ気のある笑みを浮かべた。

「ヒトではない存在に違いはないけど、妖怪とは異なる存在だから、少ーし言動に気をつけたほうがいいかもしれないよ。なにせ、これから向かうお客さんの家には『神様』がいるからね」

「えっ……か、神様!?」

ぎょっとする。妖怪の次は神様だなんて。本当にそんな存在がいるのだろうか。

戸惑う麻理をつれ、河野が訪れたのはメゾネットタイプの賃貸アパートだった。単身者用でこぢんまりとした造りになっているが、二階建てで、可愛らしい庭もある。麻理が密かに憧れているタイプの賃貸住宅である。

河野がチャイムを鳴らすと、しばらくして「はあい」と女性の声がインターフォンごしに聞こえてきた。

「ご無沙汰しております。ニワトコ薬局の河野です。お薬の点検にうかがいました」

「ああ！　はいはい、ちょっと待っててくださいね」

そう言って、インターフォンのスピーカーが切れる。雪乃に続いてまた女性の妖怪なのだろうか。いや、河野は神様だと言っていた。つまり女神様？

麻理がひとり考え込んでいると、ガチャリと扉が開いた。中から出てきたのは、麻理と同じくらいの年齢に見える女性。

「河野さん、お久しぶりですね。こんにちは」

「こんにちは、朋代《ともよ》さん。三ヵ月ぶりですね、お元気でしたか？」

河野が朋代と呼んだ女性は、柔らかな笑顔の似合う優しそうな女性で、セミロングの髪を後ろでラフにまとめていた。彼女は「まあまあ元気ですよ」と答えたあと、麻理に気づいたらしく、不思議そうに首を傾げる。

「はじめまして。ニワトコ薬局の伊草と申します」

「伊草は僕の後輩で、仕事を教えているところなんですよ。彼女は僕の正体も知っているので『あの方』を隠さなくても結構ですからね」

名刺を差し出す麻理の隣で河野が説明すると、朋代は「そうなんだ～」と驚いたような声を上げて、まじまじと麻理を見た。そして嬉しそうにニッコリと微笑む。

「伊草さんは河野さんが河童だって知っているんだ！　こういうのって秘密にしなきゃいけないから、私と同じ人間の知り合いができるのは嬉しいよ～」

「え……。ということは、朋代さんは人間なんですか？」

麻理は目を丸くして問いかけた。てっきり彼女が『人間外の存在』だと思っていたのだ。

朋代は「そうだよー」と頷き、中にふたりをとおす。

「私は単なるＯＬ。一緒に住んでる……というか、うちに棲みついてるのが、河野さん側の存在なんだよね。ま、上がってよ」

麻理達にスリッパを薦めた彼女は、玄関のすぐそばにある扉を開き、部屋に入っていく。

配置薬販売は、ほぼ全てのやりとりを玄関先で済ませるというのに、気兼ねなく家の中にとおしてくれる。やはり妖怪に関わると、積もり積もった話があるのだろうか。

「お邪魔いたします」

おずおずと麻理が部屋に入ると、そこはリビングになっていた。手前は南側に大きな掃き出し窓があって、ふかふかの赤いラブソファと液晶テレビがある。そして奥はカウンターキッチンとふたり用のダイニングテーブルがあった。

窓から日差しが柔らかに差し込んでいて、とても明るくて素敵なリビングだ。自分もこんなアパートに住んでみたいなあと麻理が眺めていると、ラブソファの辺りでモゾリとなにかが動いた。

一瞬猫でも飼っているのかと思ったが、違う。赤いラブソファにはなぜか黒い紐が垂れ下がってはいるものの、猫らしき姿は全くない。

だが、そのとき、黒い紐がうにょっと動いた。

「……!?」

麻理は驚愕し、思わず後ろにサッと飛びのいてしまった。驚きに悲鳴を上げなかったのは、ここが客先だったからだ。もし、ここが自分の家なら、臆面もなく叫び声を上げてハエタタキを手にしていただろう。

黒い紐のようなものは、するするとラブソファから降りていく。よく見れば、それは蛇だった。一メートルほどの長さがある、真っ黒の細蛇だ。尻尾《しっぽ》の辺りに金色のラインが三本連なっていて、そこだけがきらきらと輝いている。

蛇はやがて、朋代の足元から上に登っていった。そして彼女の肩から顔を出すと、しゅろろと赤い舌を出す。

「ふむ、人間のおなごか。なかなかよい目をしておるのう」

「ひゃわ!?」

今度こそ麻理は叫んでしまう。

蛇が喋ったのだ。ここで驚かないでいつ驚くというのだろう。麻理は目を丸くしてブルブルと震えながら、河野のスーツを掴む。

「……へ、蛇が、今、蛇が、しゃべっ、蛇がっ」

「おちついて、伊草さん」

「あはは、驚いて当然だよね。私だって初めてマツミ君を見たとき、すっごい大声で叫んだもん。おまけにマツミ君をひっ掴んでグルグルまわして投げちゃったし」

ぱくぱくと口を開けて蛇を指さす麻理を河野がなだめ、朋代が明るく笑う。

そして朋代に『マツミ君』と呼ばれた蛇はムッとしたように長い胴体をピンと反らした。

「全く、あのときの痛みは忘れようもない。我はありがたくも山の神だというのに、見てくれで勝手に嫌悪する人間は、実に偏狭《へんきょう》な生き物といえよう」

ブツブツと文句を言う蛇に、朋代は「ごめんってば〜」と軽い調子で謝った。

麻理は恐る恐る、河野を見上げる。

「あ、あ、あの、も、もしかして……この蛇さんが『神様』ですか？」

震える声で問いかけると、河野は「そうだよ」とあっさり頷く。そして蛇は「さよう！」と言って、するすると朋代の頭上まで這い上がった。

「我こそは相模国の西山を守護する神。『アラヤマツミ』よ。人間の娘、我を讃《たた》え、祀るがよい。我は山神であるのだからなっ」

えっへん、と言っていそうなほど、蛇は胴体を逸らせる。おそらく人間でいうなら胸を張っているのだろう。

麻理はそんな蛇――アラヤマツミをあ然と眺めて、その次に朋代を見た。

「あの、朋代さん。本当にこの蛇さん、神様なんですか？」

「娘よ！　そなた、我の言葉を疑っておるのか！」

「それが神様なんだよね～。こう見えて、神様っぽい力もあるんだよ」

アラヤマツミの怒りをサラッと流して、朋代がなんてことないようにニコニコ笑顔で言う。へぇ～と、麻理は目をきらきらさせて蛇を見た。

「神様の力ってどんなのですか？　凄そうですよね」

雪女の雪乃は麻理に吹雪を見せてくれた。山神を名乗るアラヤマツミはどんな力を持っているんだろう。麻理が好奇心いっぱいの目で蛇を見つめると、彼は少し機嫌をよくしたのか、ふふんと得意げに首をまわす。

「うむ。我の力はそれはもう素晴らしいのだ。なにしろ、ただの水を至上なる神酒に変えることができるのだからな！」

「お水をお酒に変える……しかできないんですか？」

麻理は少しがっかりする。とたん、河野が「こらこら」と麻理の手を引っ張り、耳元でコソコソと囁いた。

「駄目だよ。さっき言ったでしょう？　言動に気をつけたほうがいいって。彼、結構怒りっぽいんだからね」

「あっ、すみません。でも、どんな反応をすればいいのか、わからないんですよ……」

相手が人間であれば適切な言葉も選べるのだが、目の前にいるのは山神を名乗る蛇だ。神と会話するなんて生まれて初めて体験する麻理は、正直言って、うまく対応できない。

すると河野はニッと目を細めて微笑み、麻理にひそひそと助言した。

「大丈夫。コツさえ掴めば山神様はすぐに機嫌を直すよ。まずはね……」

河野がいろいろと教えてくれる。それを聞いた麻理は「そんな簡単なことでいいんですか？」と小声で問いかけたが、河野は自信ありげに頷くだけだった。

恐る恐る麻理は振り向く。そこには朋代の頭上で機嫌が悪そうに麻理を睨む山神がいる。麻理は思い切って笑顔になると、彼に向かって大きく拍手をした。

「すっ、凄いです！　さすが山神様。お水をお酒に変えてしまうなんて、まさに奇跡の御業《みわざ》。しかし、私のような礼儀知らずの人間には、その神の力を見せてはいただけないのでしょうね……」

残念そうに麻理は肩を落とす。すると、蛇はヒョイッと鎌首をもたげ、興味深そうに彼女を見た。

「ふむ。己を礼儀知らずと自覚しておるのか。よい、我は神の中でも寛大な心を持つ山の神じゃ。きちんと反省し、我を祀るのであれば、この神の業、見せてやっても構わぬ」

「本当ですか？　ああ、なんてありがたいお言葉。山の神様のお心は慈悲深くていらっしゃる。それではぜひ、あなたを祀らせてください」

ははーっとお辞儀をすると、蛇はたちまち上機嫌になって「よいぞよいぞ」と朋代の頭上でクルクルとまわる。

なかなかコミカルに動く蛇だ。それにしても、本当に河野の助言のとおりだった。河野は麻理に「山神様はおだてに弱い。下手《したて》に出て反省の言葉を口にし、彼を祀ると言えば機嫌は直るよ」と言ったのだ。

その性格は単純と取れるが、おそらく違うのだろう、と麻理は思う。山神は真の意味で寛大な心を持っていて、人の腹を探らない純粋さを持っているのだ。敬《うやま》わず、無礼をすれば怖いが、謝罪すればあっさりと許す。それが目の前の神様が持つ性格なのだろう。

「それにしても、不勉強で申しわけないですが『祀る』って具体的にどうするんですか？」

なにか供え物がいるのだろうか。しかし今日の麻理は手土産の類は持っていない。菓子でも買ってくるべきなのかと考えていると、朋代が麻理に手招きする。

「マツミ君を祀ってくれるなら、こっちだよ」

そう言って、朋代は蛇を肩に乗せたまま廊下に出て、階段を上っていく。神様と一緒に住んでいるわりに、朋代はとても自然体だ。特にアラヤマツミに気を使っている様子でもないので、麻理はつい彼女に聞いてしまう。

「あの、朋代さんはどうして山神様と暮らしているんですか？」

「私ね、山登りが趣味で、とある山の中でマツミ君に出会ったんだよ。そのとき、一方的に気に入られちゃって。うちまでついてきて、そのまま棲みついちゃったの」

「そ、それはなかなか、強引な神様ですね」

言葉に気をつけながら麻理が思ったことを言うと、朋代は少し困ったように微笑んだ。

「……マツミ君はね、忘れられた神様だったんだ。大昔はたくさんの人に祀られて、お祭りも行われていたみたい。でもいつしか、人は山に感謝しなくなって、誰もマツミ君を祀らなくなったんだよ。マツミ君は、朽ち果てたお堂でずーっと孤独にしていた神様なんだ」

名を忘れられ、人々の記憶からその名が消えると、妖怪は消滅してしまう。

もしかして、神様もそうなのだろうか。麻理が後ろからついてくる河野に顔を向けると、彼は静かに頷く。

……そうなんだ、と、麻理は落ち込む。そして罪悪感も生まれた。麻理のせいではないが、同じ人間がしたことで棲むところをなくしてしまった神。申しわけない気持ちで朋代の頭上でぴょこぴょこ動く蛇を見つめてしまった。

二階に上がると、ドアがふたつあった。朋代は手前にあったドアを開く。そこは寝室になっていて、ベッドがひとつ置いてあった。

「あれがマツミ君の神棚だよ」

朋代が天井を指さす。つられて麻理も顔を上げると、部屋の西側の天井付近に神棚が設置されていた。

「わあ、立派な神棚ですね」

白木の神棚板の上にあるのは、茅葺屋根が合掌型になった神殿。扉の前には御神鏡が置かれていて、両脇に榊《さかき》立てと真《ま》榊《さかき》という祭具が置かれている。そして一番手前には三《さん》方《ぼう》という供え物を置くための台があって、白い陶器でできた二本の瓶子と水玉、高皿と平皿が一枚ずつ、綺麗に整えられていた。

「こんなに本格的な神棚は、おばあちゃんの家くらいでしか見たことないかもしれません」

「最近は神棚を置く家自体も減ったみたいだし、置いても簡略化してるよね。神棚っていいお値段するから、私もそうしたかったんだけど、マツミ君がこれがいいって選んじゃったんだよ」

やれやれと朋代が肩をすくめる。その肩口に移動したアラヤマツミは「うむっ」と頭を上下に振った。どうやら頷いているらしい。

「茅葺合掌型は、我の山にあった堂と同じもの。懐かしい匂いを感じてのう。これがいいと言ったのだ。真榊や鏡は我の趣味であるぞ。鮮やかであるし、雅であるからな」

「神具を掃除するのも大変なのに、サボると怒るし、面倒な神様だよ～」

「ちゃんとご利益《りやく》を与えているではないかっ！　文句を言うでない。朋代はちいとばかり道具の扱い方が雑であるぞ。前に雑誌を読み、知ったのだが、そういうおなごを世間では『じょしりょくがたりない』と言うのだぞ」

「うわあ、また神様が変な言葉覚えた……」

げんなりと朋代は頭を抱える。神様と人間というより、摩訶不思議な漫才夫婦のように見える。しかし麻理は『ご利益』という言葉にピンと顔を上げた。

「えっ、山神様を祀るとご利益があるんですか？」

目を丸くすると、アラヤマツミは「うむ」と言ってくるくると首をまわす。

「安産、幸福、金運上昇。我は人々からの信仰をなくしたとはいえ、神のはしくれ。きちんと敬い、祀る者にはそれなりのものを返すのが神の礼儀よ」

「金運上昇!!」

クワッと麻理がアラヤマツミに詰め寄る。彼女の後ろで、河野があからさまにため息をついた。

「ちょっと伊草さん、露骨すぎだよー」

「す、すいません。つい、本能が反応してしまって。だ、だって、金運なんて！」

わなわなと麻理が体を震わせていると、朋代が苦笑して頭を掻いた。

「私も同じようなこと言われてムチャクチャ期待したんだけどね、実際はなんとなく運が上昇したかなって程度だよ〜」

「前に商店街の『がらがらくじ』で三千円分の商品券が当たったではないか！」

「それは嬉しかったけど、どうせなら特賞十万円分の商品券を当ててよ！」

わあわあと言い合う朋代とアラヤマツミに、思わず麻理は笑ってしまう。

「たしかに、こんな都合のいい理由で、神様を崇めちゃ駄目ですよね。ごめんなさい。ちゃんと山神様を祀らせてもらいますね」

健康でいられますように。素敵な恋人ができますように。お金をたくさん稼げますように。

人間が神様に望む願いはさまざまだ。麻理も初詣をすれば、そんなことを祈っている。

商売繁盛の神様や健康の神様など、この国には八百万《やおよろず》の神様がいるから、その神に願いごとをするのは間違ったことではない。『困ったときの神頼み』という言葉があるくらいなのだから。

だけど都合のいいときだけ神頼みされて、結果的に人間に忘れ去られた神様がいるなんて、麻理は知らなかった。だから神様への感謝の気持ちも必要かもしれない、と思う。

二礼二拍手一礼。その仕草に、神様への敬虔《けいけん》を込めてみる。

麻理が参拝を済ませて後ろを振り返ると、ニコニコ顔の朋代の隣にアラヤマツミがいて、満足そうに長い胴体を揺らしていた。そしてそばには河野が穏やかな表情で立っていて「ありがとう」と、なぜか礼を口にした。

一階のリビングに戻ると、河野はニワトコ薬局の販売員としての仕事をはじめる。朋代が薬箱を持ってくると、箱の中身を点検し、精算機のタブレットで一つひとつ、薬品名を入力していく。

「風邪薬が減っていますね。朋代さん、風邪を引かれたんですか？」

「二ヵ月前くらいに、会社で風邪をもらっちゃったんですよね。それで使いました」

「もう治っているんですか？」

「はい。あとは時々頭痛薬を使ってますね。お酒飲んだ次の日とか、頭痛になっちゃうことが多くて」

あはは、と朋代が笑う。この家は雪乃と同じように女性のひとり暮らしではあるが、雪乃の家の薬箱とは違って薬がほどよく減っていた。さすがに神様が薬を使うとは考えづらいので、朋代が薬を服用しているのだろう。

「では、頭痛薬を少し多めに入れておきますね。それから風邪薬の補充と……使用期限の切れたお薬は交換します。伊草さん、このリストに従ってお薬持ってきてもらえますか？」

「はい！」

河野からもらったリストと交換する薬をビジネスバッグに入れ、麻理はアパートを出てコインパーキングに向かった。営業車のトランクを開けて、リストに従って薬を取る。

再びアパートに戻ると、アラヤマツミが朋代の膝でとぐろを巻いて、彼女にこんこんと説教していた。

「朋代は毎回酒を飲みすぎるのだ。さほど強くもないくせに、へべれけになるまで飲むから、頭が痛くなるのであろう？」

「付き合いってものがあるのよ〜神様には縁のない大人の付き合いってものがね〜」

怖い笑顔を浮かべて、朋代がアラヤマツミの首をギュッと掴む。彼は「ぐえっ」と悲鳴を上げた。

「会社の飲み会、合コン、女子会。なんだかんだいって、〝飲みニケーション〟は円滑な人間関係の構築に繋がるの。重要なのよ。特に合コンとか」

「重要と言うわりに毎回敗北、家でヤケ酒……きゅう」

「と、朋代さんー！　山神様が死にかけてます！」

麻理が慌てて朋代に声をかける。アラヤマツミの尻尾がぴくぴくと痙攣している。すると朋代は「ふんだ」とすねたように鼻を鳴らして手を放した。床に落ちたアラヤマツミは首をまわすと、再びソファを伝って、朋代の首に巻きつく。

「これくらいで死ぬようなタマじゃないわよ。この山神様、ふてぶてしいったらないし」

「やれやれ、最近のおなごは気が強いのう。昔はかように積極的ではなく、淑《しと》やかかつ奥ゆかしかったものだ。なげかわしい」

たしかに、アラヤマツミは平然としている。やはり神様、普通の蛇と違って丈夫な体を持っているようだ。

「やはり、おぬしはそのがさつな性格を改め、もう少し大和撫子らしい慎みを持つべきなのだ。今の言葉に合わせるなら、じょしりょく、ぐぎゅ」

朋代が黙って蛇の首を強く握りしめる。びたんびたんと蛇の尻尾が跳ねた。

「昔と違って、今の女性は自立してるんですぅー」

「ああ朋代さん、そのへんで。やっぱり見ていて心臓に悪いです。神様なのに扱いが雑すぎます！」

　再度麻理が慌てて止めに入った。これくらいでアラヤマツミが倒れないとわかっていても、もう少し丁寧に扱ったほうがよいのではないだろうか。

「それに山神様も、昔はよかったたって仰いますけど、歴史の本を読んでいると、昔から気の強い女性や積極的な女性はたくさんいたように思います」

　麻理が言うと、朋代が「そのとおりよ！」と深く頷く。

　ようやく首を解放されたアラヤマツミは慌てるように動いて朋代から退避した。

「しかしな、朋代。苦言を呈するが、おぬしはもう少しちゃんとした生活を送ったほうがよいぞ。『じょしりょく』の問題ではなく、我はおぬしの体調を心配しておるのだ。朋代が健康元気でいなければ、誰も我を祀らなくなるのだから」

　観葉植物の裏からそっと顔を出し、赤い舌を出しながらアラヤマツミが言う。朋代はそんな彼を見て「むぅ」と顔を歪ませた。

「……私がいなくなっても、誰かが拾ってくれるわよ。神様なんだし」

「そのような寂しいことを言ってくれるな。我には朋代しかおらぬ。朋代しか、我を見つけてくれなかった。我のような存在を受け入れてくれる人間は、おぬしが思うよりずっと、少ないのだ」

しょんぼりした様子のアラヤマツミに、朋代が少し決まり悪そうに俯く。薬の補充と精算を終えた河野が、アタッシュケースに精算機やタブレットを片づけつつ、麻理に顔を向けた。

「山神様はね、誰にも祀られなくなったどころか、自分が守っていた山さえ失った神様なんだよ」

「えっ？」

麻理が目を見開いて問い返すと、アラヤマツミは再びにょろにょろと動き出し、テーブルの足をつたってテーブルの上に移動し、とぐろを巻いた。

「山は削られてな。ふもとから中腹にかけて住宅地が作られた。今はもっと山を削って、高速道路を作っているそうじゃ。久しく見に行ってはおらぬが、もはやあの山は原型も留めておらぬであろうよ」

「……山神様」

なんともいえない表情で麻理がアラヤマツミを見つめる。彼はフッと軽く笑うとくるくるとまわって、力なく伏せた。

「仕方がないのじゃ。我はそのことに対して人間を恨む気持ちなどない。ただ、あの朽ち果てた我の神殿は跡形もなく潰され、我の帰る場所はなくなったなあと、ほんの少し悲しくなるだけなのだ」

気が遠くなるほど昔から、ずっと山に棲んでいた神。人は山の地を守る巳神《へびがみ》を祀り、豊穣を祝い、感謝していた。神はそんな人々の営みを見守ってきた。しかし時はすぎ、人の生活は目まぐるしく変化し、利便性が社会に浸透するにつれ、神という存在は希薄になってしまった。山神はいつしか忘れられ、誰にも祀られなくなって、山の神殿はあばら家も同然になってしまった。そんな朽ちた神殿さえ、今はもう、消えてなくなった。

人間自体に罪はない。山を削って開発したのは、そこに人々が住むためだ。誰も山の神の棲む場所を奪いたくて削るわけではない。

けれど麻理は、悲しくなってしまった。人間にとっての便利さだけを優先した結果、アラヤマツミのように居場所を失った神がいる。人間のエゴを認めるのがつらかった。

しかし、麻理にはどうすることもできない。山神が棲めるような新しい山を用意することはできないし、山神を祀るように人々を説得できる力もない。

無力な自分を歯がゆく思っていると、ふいに朋代が「そうだね」と頷いた。

「今やマツミ君を祀ってあげられるのは私だけだもんね。私が死ぬまで、ちゃんとあなたを大事にしてあげるよ、山神様」

指の腹でアラヤマツミの顔の下を撫でると、彼は猫のように喉をならし、するすると移動して、朋代の体に移動し、頭頂部からぴょこっと顔を出した。

「うむ！　で、あるならば。きちんと我の助言を聞き入れ『じょしりょく』を磨くのだぞっ」

急に元気になるアラヤマツミに、朋代はげんなりした表情をして「最善を尽くしまーす」と全くやる気がなさそうに返事をする。

そんな彼女と蛇を見比べ、麻理はほんわかとした笑顔を浮かべた。

――よかった。山神様は大丈夫だ。だってそばに、彼女がいるから。

密かにほっと胸を撫でおろす。今のアラヤマツミは孤独じゃない。それがわかっただけでも、麻理は嬉しかった。

「あとはなにより、飲みすぎないことが大事じゃや。そこのウワバミは別だが、朋代はか弱き人間なのだからな」

アラヤマツミが意味ありげに河野へ視線を向ける。すると河野は心外そうに目を丸くして、中折れ帽を軽く手で支えた。

「大蛇を指すウワバミというなら、まさに山神様がそうでしょう。底なしじゃないですか」

「ふっふっ、河童も結構な酒豪だと、古来から名を馳せておるであろう。一度おぬしとはサシで飲み合戦といきたいところよな」

どうやら山神様は愛酒家のようだ。酒は神への捧げ物としてよく供えられているから、神は酒好きが多いのかもしれない。

「そういえば、河野さんって会社の飲み会でも絶対酔わないですよね。最後までしっかりしていて、飲み潰れた人達の介抱までしてますし」

麻理が言うと、河野は困った顔で微笑む。

「まあ、これでも僕は人間の枠から外れた存在だからね。そう簡単には酔わないよ。でも、伊草さんもお酒には気をつけてね。特に女の子なんだし」

唐突にそんなことを言われて、麻理の顔はパッと赤くなってしまった。なんだいきなり。そんな風に心配されるとちょっと嬉しくなってしまうし、仕事中なのだからやめてほしい。

それにしても、どうしてこんなに河野の何気ないひと言にドキドキしてしまうのだろう。顔がよくても、河童は嫌だ。だって頭頂部にある皿は、言っては悪いけど、見てくれはちょっとマヌケだし。さらに言うなら妖怪らしいところが皿しかないのも、妖怪としての魅力に欠ける気がする。それなのにどうして、体中が熱くなり挙動不審になって彼から目を逸らしてしまうのだろう。

麻理がひとりで百面相をしていると、そんな彼女の変化に全く気づかないまま、河野はアラヤマツミに目を向けた。

「そういえば、山神様。前におうかがいしたときは目が疲れやすいとおっしゃっていましたけど、今はどんな感じですか?」

河野の問いかけに、アラヤマツミは「おお」と思い出したように顔を上げる。そして困ったように首を左右に動かした。

「芳《かんば》しくないのう。目がシパシパするのじゃ」

「山神様、目の調子がよくないんですか?」

挙動不審になっていた麻理が我に返って、アラヤマツミにたずねる。すると彼は「うむ」と頷き、困ったように目を細めた。

「どうやら我は、『どらいあい』のようでな」

「どっ、ドライアイですか?」

麻理がぎょっとした顔をすると、アラヤマツミは「そうなのだ」と頷く。

「遥河に作ってもらった特製薬草湿布を貼っているのだが、なかなか改善せぬ。困ったものじゃ」

瞬きするアラヤマツミを、麻理はまじまじと見つめた。

神様がドライアイ。どこの世界に、ドライアイに悩まされる神様がいるのか。いや、ここにいるわけだが、麻理はなんだか切なくなってしまった。なんというか、神様の威厳失墜である。

それより、とても気になることがあって、麻理は思わずアラヤマツミに問いかけた。

「あの、ドライアイは百歩譲ってよしとして、湿布ってどうやって貼ってるんですか？」

なにせアラヤマツミは、見た目は完全に蛇だ。しかも細い。しめ縄のほうが太いくらいだ。顔なんて正面から見れば直径三センチほどで、小さい。

すると河野が、そばにあったアタッシュケースを開いた。

「これが特製薬草湿布だよ。山神様専用サイズだね」

あらかじめ作っていたらしく、ジッパーつきの保存パックに、細かく切られたコットンが入っていた。同時に小さなびんも取り出し、テーブルに置く。

「湿布を貼るのは朋代さんにお願いしているんだ。それとこれ、新しく作ったお薬です。それからこっちは飲み薬。キクカやジオウを主原料に作りました。目にいい薬効が含まれていますよ」

朋代は「ありがとう！」と言って河野から薬を受け取り、さっそく保存パックからコットンを一枚取り出した。そしてびんに入った黄緑色の薬に浸し、ピンセットで拾い上げると、そのままぺたりとアラヤマツミの目に載せる。それだけで、彼の小さな金色の瞳はコットンで覆われ、気持ちよさそうにソファへ寝そべった。

「ひんやりして気持ちよいのう。すっきりじゃ。キクカの香りが心を和ませる」

「マツミ君ははっきり言って、テレビの見すぎなんだからね！　私が会社で社畜のように働いている間、お気に入りのミネラルウォーターを飲みながらソファでまったりテレビ見てるのよ。腹が立ったらありゃしない！　ちっとは働け！」

「神である我に働けとは、朋代も容赦がない。だいたい、朋代がいない時間は暇なのだ。『てれび』はよいぞ。人間が夢中になるのもわかる。おぬしの好きな『あくしょんげーむ』をおぬしより先に『こんぷりーと』するのも楽しいぞ」

「くっ……万年ニートでいられるマツミ君が憎らしい！　あなたみたいなのを、世間ではヒモというのよ、ヒモと！」

朋代はむんずと蛇の頭を掴むと、ひょんひょんとまわす。「はっはっはっ」と彼は楽しそうに笑っているが、その姿はどこから見ても黒い紐だった。

「ちょっと待って、山神様、ゲームなんてするんですか!?」

麻理が驚きの声を上げると、朋代が「そうなの」と言い、アラヤマツミが「そうじゃ」と同時に答えた。なんだかんだ言って、このひとりと一匹は妙に息がぴったりである。

「はっきり言って、我は朋代よりもげーむ名人なのだぞっ」

「それは単純に、ゲームのプレイ時間の差でしょうが！　私は平日の夜に数時間と、休日しかできないのに、マツミ君は平日一日中できるんだからっ！　ひきこもりヒモ神様！」

「元来、神は社にひきこもっているものだ。ほれ、他の神殿もそうであろう？　伊勢のとか、出雲のとか」

「お伊勢さんも出雲の神様も、ソファに寝そべってぐーたらゲームなんてしてないわよ」

「そこはほれ、我の社には『げーむ』も『てれび』も『そふぁ』もあるからのう。仕方ない。神とて娯楽は欲しいのだ。霞ばかり食ってもつまらんからな」

はっはっはっと、目に湿布を載せながら余裕たっぷり笑うアラヤマツミに、ぐぬぬと拳を固く握りしめる朋代。また彼の鎌首を掴もうと思ったのか、バッと彼女が手を伸ばす。しかしアラヤマツミは目に湿布を載せたまま、ヒョイッとその手を避け、そのあとも、まるで朋代の動きが見えているかのようにヒョイヒョイと避ける。

こんなところで、さすが神だと麻理は思った。神は視界が遮られていても攻撃を避けることくらい、難なくできるのだ。

「それにしても山神様、ゲームが上手なんて凄いですね。手がないのに、どうやっているんですか？　コントローラーを持つんですよね？」

麻理はそこまでゲームに詳しくないが、なんとなくわかる。テレビゲームの場合、コントローラーを手に持って操作するはずなのだ。しかし山神にはコントローラーを持つ手がない。

するとアラヤマツミは「フフン」と体を逸らし、ふんぞりかえる。

「我の神業を見たいと申すか。よいぞ、よいぞ。特別に見せてしんぜよう。朋代や、こんとろーらーを持て。あと、湿布を剥がすがよい」

「なんでこんなに偉そうなの、しゃべる蛇のくせに」

「おぬしは我に対する敬愛が足りておらぬ！　我は神ぞ！　もう少し敬え！」

ぷんぷんと怒り出して、鎌首をブルブルと振るアラヤマツミに「はいはい」と朋代は面倒くさそうに頷き、彼の目から湿布を剥がした。そしてテレビのそばに置いていた黒いコントローラーを取ってくると、ソファの前にあるローテーブルにことりと置く。そしてテレビとゲーム機の電源を入れた。

「さあっ、刮目《かつもく》せよ。これが神の真髄であるっ」

はじまったのはアクションゲームだ。アラヤマツミは長い胴をコントローラーに巻きつけると、コントローラーのボタンを頭と尻尾で押しながら、巧みにゲームを進めていく。

　麻理は驚きで口があんぐりと開いてしまった。画面を見ても人間が操作しているのと全く変わらない。いや、むしろ、下手な人間よりもずっとスムーズに見える。

「あの、山神様、頭でボタン押していて、ゲーム画面見えるんですか？」

「我は神ぞ。目に頼らずとも心眼と直感でなんとでもなるのだ」

「それなのにドライアイなんですか？」

　麻理が呆れた声を出すと、朋代が腕を組んで「そうなのよ！」と憤然とした表情をする。

「単純にテレビの見すぎ、ゲームのしすぎなんだってば。私にはやれ私生活をしっかりしろだの、女子力鍛えろだの言うくせに、自分はしっかり現代病にかかってるじゃない！不摂生神！」

「それは仕方ない。人間が愉快なものを作るのが悪いのだ」

「この期に及んで開き直り!?　ほんとヒモ！　ヒモ神！　神様って言うくらいなら、もっと凄いご利益寄越しなさいよね！」

「与えてやっとるではないか。朋代は確実に、恋愛運に金運、ともに上昇しておる。さらには子宝運にも恵まれておる」

「今、子宝運に恵まれても困るわっ！　恋愛運なんてさっぱりだし！」

あっさりとゲームクリアして満足げなアラヤマツミを、朋代は機嫌が悪そうに睨んだ。

「朋代、それは我のせいではない。単におぬしの要領が悪……、朋代よ、今にも飛びかかってきそうな物騒な目で見つめるでない。可愛い顔が台無しになるほど凶悪だぞ」

「凶悪な顔で悪かったわね！」

「うわあ！　朋代さん、その辺で、その辺で！」

麻理が朋代の怒りを鎮《しず》めようとして、「はいどうどう」と両手を上下に振る。アラヤマツミと一緒に、朋代も祀ってあげる必要がありそうだ。

朋代はすねた顔をしてソファの背もたれに背中を預けた。アラヤマツミはするすると朋代の体を登っていって、首にゆるく巻きつく。

「元気を出すのじゃ。なに、ゲームが我より下手でも、恋愛下手でもよいではないか。おぬしには、我という神がついておる。百人力だぞ」

「ひきこもりのヒモ神様に言われてもねえ」

「そういじめてくれるな。てれびしょっぴんぐで、お得な商品を見つけたときはたぶれっとのめっせーじあぷりで教えてやってるではないか」

「……山神様、タブレットの扱いにも長けているんですね」

メッセージアプリが使えるということは、メールが打てるということだ。きっと先ほどコントローラーを扱ったときみたいに、頭でぽちぽち液晶を押しているのだろう。

その情景を見てみたいと思いつつ、麻理は改めて目の前のひとりと一匹を見つめた。

人間と神様。住む世界が全く違うと思っていたが、こんなにも自然な形で生活している。なんだかんだと喧嘩したり言い合ったりしていても、根本的なところでお互いの存在を尊重しているからできるのだろう。そう思うと、朋代とアラヤマツミのやりとりは、とても微笑ましいものに見えてきた。

「朋代さんと山神様って、仲がいいんですね」

「僕もそう思うよ。数は少なくても、こうやって僕達のような存在を受け入れて、仲よくしてくれる人間がいるのは嬉しいことだよね」

ニコニコと河野が笑う。麻理もつられたように笑い返していると、朋代が「なに、そこ、勝手に和んでるのよ」と不満そうに睨んできた。

「こっちは割と困ってるんだからね。変な神様に好かれちゃったせいで、全く彼氏が作れないんだから。ウチに放し飼いの蛇がいるって知っただけで、皆逃げていくのよ」

「たしかに……爬虫類好きはいるにはいますけど、あくまで一部ですからねえ」

ぷんすかと怒り出す朋代に、思わず麻理は同情の視線を送ってしまう。家に彼氏を招いたとしても、ソファで蛇がくつろいでいたら普通に引くだろう。しかもその蛇は、朋代の足を伝って上がったり、頭や肩から顔を出したり、好き勝手しているのだ。

　その蛇は「こらこら」とたしなめるように朋代の頭をツンツンする。

「我がおぬしの夫になってやろうと言っているのに、まだそのようなことを言うのか。朋代はなかなかに頑ななおなごであるな」

「私にだって人間のプライドがあるのよ！　蛇と結婚なんか絶対やだ！」

「蛇などという爬虫類と一緒にするでない。我は神ぞ。古来より神と契《ちぎり》を交わすことは大変な名誉であったのだ。ありがたく思うがよい」

「自分を神様って言う蛇モドキと結婚とか、田舎の両親に説明したら即病院送りだから！　はぁ、なんで私、あのとき、あの小さい山に登っちゃったかなぁ」

　ぽりぽりと朋代が頭を掻く。

「でも、山神様にとってはとても嬉しいことだったんですよね。だって、ずっと古いお堂で孤独にしていたんでしょう？」

　麻理が問いかける。するとアラヤマツミは「そうさな」と鎌首をもたげて頷いた。

「今でも鮮明に思い出せるぞ。腐り果てた賽銭箱に入ってきた、久しぶりに聞く貨幣の立てる音。我が守護する山の水を飲ませてもらったときの、生き返るような心地よさ。

あんなにも嬉しいと思ったのは、何十年ぶりだったか」

朋代との出会いを懐かしんでいるのか、蛇の目が細くなり、赤い舌がしゅろしゅろと出てくる。朋代は少し照れくさく感じているのか、テーブルの上で肘をつき、手に顎を乗せてそっぽを向く。

「存在を忘れられ、祀られなくなった神の行く末は、妖怪に成り下がるかそのまま消え去るか、どちらかじゃ。我はただ、消えることを待っておった。そんな我を朋代は助けてくれたのだ。我はどうにか神の端くれでいられた。……それが、嬉しくないわけがなかろう？」

するするとアラヤマツミが朋代に頬ずりする。非常に複雑そうな顔をした朋代は「まあね」と言って、苦笑いをした。

「……存在を忘れられると消滅してしまうのは、妖怪もそうだと聞きましたけど、神様は妖怪になってしまう可能性もあるんですか？」

初耳だ。思わず麻理が質問すると、アラヤマツミは「おや」と言って首を傾げる。

「知らなかったのか。遥河よ、それは教えていなかったのか」

アラヤマツミに問いかけられると、河野の顔がわずかに陰を帯びる。まるで、聞かれたくなかった質問をされたかのように。

だが、表情が曇ったのは一瞬で、彼はすぐにニコリと、人受けのよい笑みを浮かべた。

「伊草さんは、我々の存在を知って、まだ数日しか経っていませんからね」

「……そうか」

どこか意味深に、アラヤマツミが相づちを打つ。なんともいえない違和感を覚えた麻理は、不思議そうに山神と河野を見比べた。

「神は、神の座から堕ちると妖怪になり果て、大体は人間に悪さをするようになるのだ。祟《たた》りと呼ばれる『現象』と化した妖怪もおるな。それらは死病を運び、天候を狂わせる。まあ、妖怪になった経緯を考えれば、人間を憎む気持ち、わからぬわけではないがな」

静かにアラヤマツミが語り出す。たしかに、人々の信心を失い、人々に忘れられ、誰にも祀られなくなったがゆえに妖怪へと堕ちたなら、人間を恨んでも仕方がないのかもしれない。

「しかし、途中で改心する妖怪もいる。我の知り合いにもおるぞ。大昔は人間を憎み、悪さばかりしてきたが、その人間に救われたことがきっかけで、人間をきらいになれなくなってしまった妖怪がな」

「そんな妖怪もいるんですか」

「うむ。ただ、そやつは人間を好きにはなれなんだ。さりとてきらいにもなれず、複雑な感情を持て余したまま、今もこの世を彷徨《さまよ》っておる。あやつはこれから、どこへ行くのかのう」

ふ、と遠い目をするアラヤマツミ。彼は一体、どんな妖怪を思っているのだろう。

「力を失いつつある神は他にもいる。我は心配でな。かつて平安にあった山も今はないと聞くが、あそこの神はどうしているのやら」

どうやらアラヤマツミには、身を案じる妖怪や神が複数いるらしい。麻理がぼんやりと彼を見ていると、ふいにアラヤマツミは薄く金の瞳を細めた。

「麻理。おぬしは、道に迷うておる妖怪のよき道しるべになりそうじゃ」

「え、私が、ですか？」

思わず問い返すと、アラヤマツミは朋代の肩に巻きつき、首を上下に振る。

「うむ。おぬしのまっすぐで偽らぬ瞳は、我らヒトならざる者に安心感をもたらす。まるで小童《こわっぱ》がそのまま大人になったような瞳じゃ。朋代でもそこまで純粋な目はしておらん」

「それはどういう意味かな、マツミ君」

「うむ、朋代もよい目をしておるが、なんというかおぬしは男にフラれすぎて、若干瞳が濁っておる。あと、社畜生活に慣れすぎて、時々目が腐っておってぐきゅ」

その言葉をさえぎって、朋代が問答無用でアラヤマツミの頭を掴もうとする。しかしアラヤマツミは、すばやく避けて挑発するように赤い舌を出した。山神は偉大な存在に違いはないが、デリカシーに欠けるらしい。それから、余計なひと言も多いようだ。

「目が腐ってて悪かったですねえ、ドライアイの神様」と悔しげに悪態をつく朋代を見て、麻理はクスッと笑ってしまう。

　やっぱりこのふたりは仲がいい。

　自分が道しるべになれるだとか、少し買いかぶっているところはあるようだが、アラヤマツミはここにいるのが一番幸せなんだろうと、麻理は思った。

　今日も物の怪の棲む家に長居してしまった。麻理と河野は玄関先で頭を下げ、河野はニッコリと朋代とアラヤマツミに微笑む。

「いつもニワトコ薬局の商品をごひいきにしてくださって、ありがとうございます。サプリドリンクも、なかなか売れなくて困っていたんですよ」

「いいんだよ。いつも相談に乗ってもらってるし、私自身不摂生も多いから、サプリドリンクはありがたいの。風邪を引いたときに飲むと、治りも早い気がするからね」

　腕にアラヤマツミを抱きかかえた朋代がぱたぱたと手を上下に振る。そしてアラヤマツミも頭をくるくるまわした。

「また来るがよい。遥河と麻理なら大歓迎じゃ。おお、そうだ。麻理よ、我の御業を見てゆくがよい」

「あ……！　お水をお酒に変える業ですか？」

すっかり忘れていた。しかし麻理は手頃な水を持っていない。ビジネスバッグに入っているのは緑茶の入ったペットボトルだ。

するとそのとき、横から新品のペットボトルが渡された。軟水のミネラルウォーターだ。

「これ、あげるよ。山神様のお酒はびっくりするほどおいしいし、体内に入るとただの水に戻るから、二日酔いもしないんだよ」

ニコニコと河野が言う。二日酔いしない美酒なんて凄いなあと、麻理はありがたくミネラルウォーターをもらった。

彼女が差し出したペットボトルに、アラヤマツミが近づいていく。そしてペットボトルに長い体を巻きつけ、ほどなくするすると朋代の腕に戻っていった。

「そら、神酒に変えてやったぞ。あとで飲むといい」

「えっ、もうですか？　……はい。ありがとうございます」

まじまじとペットボトルを眺めるが、なにかが変化した様子は全くない。なんの変哲もない単なるミネラルウォーターのままに見える。

だが、アラヤマツミが言うのだから嘘ではないのだろう。麻理は首を傾げつつも、礼を口にした。

隣では河野がゴソゴソと胸ポケットを探り、アラヤマツミに「これ、いつものです」と言って、白い紙で包まれた薬をいくつか渡す。

「それはなんですか？」

好奇心から麻理が聞くと、河野は微笑み「山神様用のお薬だよ」と言った。

「神様も風邪を引くからね。僕だけが作れる特別なものだよ」

「……風邪を引くんですか」

麻理はあっけにとられた顔をする。アラヤマツミが「はっはっは」と明るく笑った。

「神とて病にかかるぞ。古来より、河童は製薬に通ずる物の怪。遥河の作る薬はほんに、我らのようなヒトならざる者にはありがたいのだ。遥河、礼を言うぞ」

「いいえ。これが僕の仕事ですから」

ぺこりと鎌首を下げるアラヤマツミに、河野は穏やかな顔をして頷いた。そして彼は、隣に立つ麻理に視線を向ける。

「伊草さん。これは僕からのお願いなんだけど、時間のあるときでいいから、ここに寄ってあげてほしいな。そして、山神様を祀ってもらえたら嬉しい」

ニコッと河野が麻理に微笑みかけてくる。その笑顔はいつもと違っていて、麻理は不思議なときめきを感じた。まるでたくさんの親しみを込めたような表情だったからだ。

思わず麻理は顔を赤くして俯き、こくんと頷く。

「わ、私がここに来てもいいのなら、いつでもお祀りにうかがいますよ。次は、ちゃんとお供え物も持ってきますね」

「おお、それはありがたい。ぜひ、うまい山の水と、地方の地酒。旬の野菜に果物。それから『てれびしょっぴんぐ』で見た、あいがも農法による無農薬一等コシヒカリをよろしく頼もう」

「注文が細かい！」

べちっと朋代がアラヤマツミの頭を軽くたたく。

やっぱりこのふたりのかけあいは夫婦《めおと》漫才みたいだと思いながら、麻理はくすくすと笑って別れの挨拶をし、朋代の家をあとにしたのだった。


コインパーキングに戻って、車に乗り込む。河野に今日の予定表を見せてもらうと、午前中にもう一軒顧客をまわって、午後にも数軒、平日は仕事でいない顧客を中心に訪問するようだった。

「今日の予定には、もう、妖怪や神様はいませんか？」

冷静に考えると、なにを言っているんだろうと思ってしまう。麻理が笑いまじりに聞けば「次からは人間が相手だよ」と河野が答えた。

「ごめんね、物の怪が相手だと長居してしまって。普段の営業と全然違うでしょう」

「そうですね、いつもは玄関先で補充を済ませるだけですし、家の中にお邪魔するなんて、聞いたこともないです」

運転をはじめながら麻理が言うと、河野が「あはは」と笑った。

「妖怪や神様は寂しがり屋が多いんだよ。常に自分を隠して生きるって、時々しんどくなる。だから、ああやって交流を深めることが、健康を保つ一番の薬なんだ」

「でも、風邪を引いたりするところが、変なところで人間みたい。面白いですね」

次の訪問先に向かって車を進めていると、助手席に座っていた河野の表情がふっと陰を帯びる。

「……体がおかしくなるんじゃない。心が、病むんだ」

「え？」

思わず運転をしながらちらりと隣を見てしまう。河野は中折れ帽を手で押さえ、そのまま目深にかぶった。

「心の病が、風邪の症状に似てるだけ。さっき僕が山神様に渡した『風邪薬』は、彼の心を安定させる効果があるんだ。今の時代に順応して、それなりに面白おかしく生きてる妖怪もいるけど、ほとんどは、寂しがってる。昔を懐かしんで、過去に戻りたいと願ってる」

車はいったん駅前の交差点に出て、左に曲がる。しばらくまっすぐ走ると、右側に古い団地が見えてきた。次の訪問先は、団地の一画である。

「過去に多くの人の信仰を得ていたからこそ、現代との落差に耐えられないときがあるんだ。朋代さんのおかげで、山神様はだいぶ元気になったけれど、こればかりは仕方ない。……だって、昔は山を守る凄い神様だったんだからね」

「……そうですよね。誰も山の神様を祀らなくなって、やがてその山すら削られて、棲《すみ》処《か》を失って……。つらい、ですよね」

いつからだろう。

いつから、人間と神様の距離は、遠くなったのだろう。そばに妖怪の息吹を感じなくなったのだろう。

麻理が幼少の頃にはもう、妖怪や神様は物語の中でしか存在しないものだとされていた。

神に頼らなくても、妖怪という面白おかしい存在がいなくても、溢れて零れるほどの娯楽があって、『対価』さえ払えばほとんどの望みが叶えられるのだ。

そんな時代でも麻理が、物の怪という存在を知り、今まで覚えていたのは、祖母の家で本を読んでいたときの記憶が鮮明だったから。

小学生の頃の麻理は、本を読むのが好きな少女だった。隣町に住む祖母の家へ頻繁に遊びに行っては、今日はどんな物語を読もうかと、本棚に並べられた本を見て楽しく考えていた。特に妖怪にまつわる物語が好きだった。

けれど、麻理のように、幼い頃の楽しかった思い出を大切にしている人間は一部で、ほとんどは、忘れていくものなのかもしれない。

仕方ないこと。誰のせいにもできないこと。

それでも割り切れない感情があって、神や妖怪は、心を患うのだろう。

あの頃に戻りたい、と願ってしまうのだろう。

人間とヒトならざる者の距離が近かった、あの頃に、と。

欲望のまま変わり続ける人間に、彼らは寂しい気持ちを持っているのかもしれない。

それはとても悲しいことだと麻理は思った。

「……もしかして河野さんも、そうなんですか？」

赤信号で車を停めたとき、麻理はつい聞いてしまった。

「どうかな」

河野は中折れ帽のつばを少し上げ、ゆったりと助手席の背もたれに身をまかせる。そして膝の上で指を組み、穏やかな視線でフロントガラスからの景色を見つめた。

「もう、そういう感情は擦り切れてしまったよ。僕は……少しばかり長く、生きすぎたのかもしれないね」

静かで、なんの感情もない言葉。

河野の心は、本当はなにも感じていないのではないかと思うほど、彼は淡々とした目をして前を向いていた。

河野は一体、どれくらい長い間を生きていたのだろう。

人間社会で、妖怪とばれないように工夫して、人間の年齢に合わせて姿を変化させ、いつしかそのサイクルも日常になって、意識しなくても人間らしく生きられるようになってしまった。そのことを虚しいと思う気持ちもすでになく、心は擦り切れている。

「河野さん……」

どんな言葉を口にすればいいのかわからず、麻理はポツリと彼の名を呼ぶ。すると河野はハッとした顔をしてから麻理のほうを向き「あはは」と人のよい笑顔で頭を掻いた。

「なんてね。神様や妖怪だって、普通の風邪を引くときもあるよ。雪乃さんだって、クーラーで風邪を引いていたでしょう？」

いつもの調子で話す河野に、麻理は「そういえば、雪乃さんは喉風邪でしたね」と笑って返した。ここで深刻な表情を返すことを、河野は望んでいない気がしたのだ。

雪乃と出会った日を思い出す。自分は『残りかす』だと河野は言っていた。

そして、アラヤマツミと河野の間に漂った不思議な違和感。神が妖怪に堕ちるという話を、意図的にしていなかった河野。

「そこ、右ね。団地の中に小さなコインパーキングがあるから、そこに停めてくれる？」

「はい。――あの、河野さん」

河野が言うとおりに、麻理は車を運転する。カチカチという指示器の音を聞きながら、世間話のように話しかけた。

「ん？」

「私は、朋代さんのようにうまくはできないと思いますけど……」

くるくるとハンドルをまわし、麻理は前を向きながら言葉を続ける。

「河野さんが、今、ニワトコ薬局の河野遥河さんとして生きていること。それを少しでも楽しいと思ってもらえるように、私、頑張って河野さんを楽しませますね」

少し照れくさくなって、早口で言ってしまった。

それでも、どうしても言っておきたかったのだ。

河野が河童だと知ったからにはなんとかしたい。彼が麻理に正体を明かした勇気に見合うくらいの、なにかをあげたい。

——僕は、少しばかり長く、生きすぎたのかもしれない。

そんな風に思ってほしくなかった。生きている今を後悔しないでほしい。生きているからには、楽しいという気持ちも持ってほしい。この時代まで生きていてよかったと感じてほしい。人間もまだ捨てたものではないと思ってほしい。

擦り切れた心のまま、淡々とした表情に人受けのよい柔和な笑顔を貼りつかせないで。心から笑った河野が見たい。麻理が思っていたのは、そんなこと。

もしかしたら、この性格はいけないものなのかもしれない。事情も知らず、ずかずかと他人の心に入り込んで、余計な世話を焼いて。仲よくなれるはずだと信じて、きらわれるまで話しかけ続ける。

河野にもお節介だと思われたらどうしよう。麻理の心がキュッと締めつけられた。

しかし、少しの静寂が落ちたあと、河野が口にしたのは拒絶の言葉ではなかった。

「……ありがとう」

コインパーキングが近づいて、スピードをゆるめる。ちらりと麻理が横を見ると、河野は目を細めて優しい笑顔を浮かべていた。

「嬉しいよ、伊草さん」

そのひと言に、体がカァッと熱くなる。同時にたとえようもない幸せを感じて、麻理は口早に「はい」と頷いた。

胸がどきどきと音をたてて、苦しい。

会社で彼に憧れていた頃と全く違う、この感覚はなんなのだろう。

恋に似ていると思ったが、少し違う気がする。車をコインパーキングに停めて、麻理はそっと自分の胸に手を置いた。

恋よりも親しみがあって、ふわふわした夢心地よりもずっと現実的。河野を知るたび、河野の優しい笑顔を見るたび、世界がより鮮明になっていく、不思議な感覚。

麻理は軽く首を横に振ると、活を入れるように額を叩いて車を降りる。仕事への気合が入ると、次の訪問客の家に向かった。

その日の会社からの帰り道、麻理は駅前のスーパーに寄って買い物をした。普段なら適当な店で夕飯を済ませるところだが、なんとなく今日は自炊がしたくなったのだ。

スーパーの袋を手に持ちながら、のんびりと帰路につく。見上げれば、西の空は夕焼けで、ひつじ雲が鮮やかな茜色に染まっていた。

ひつじ雲が出た次の日は雨が降ると、幼少の頃に祖母が言っていた。そんなことを思い出していると、ふいに後ろで、バサリとはばたき音が聞こえた。それがあまりに大きく、耳に残る響きがあったので、思わず麻理は後ろを振り向く。

茜色の空は夕闇の色へと染まりはじめていて、ゆっくりと街は夜の色へと変わろうとしていた。

そんな空を背景に、ひと際目立つカラスが電線に止まり、麻理をジッと見ていた。

とたん――えも言われぬ恐怖が体中に広がる。ゾクゾクと身震いをして、麻理はもう一度カラスを見上げた。

全ての闇を一手にまとめあげたようなカラスは、やけに輝く金目で麻理を見つめると、バサバサと大きなはばたき音をたてて飛び去っていく。

「な、なんだろ。こっちを見ていた気がするけど……気のせいだよね」

カラスが麻理を認識して意識的に見ていたなんてありえない。たまたま、麻理のいる道路を見つめていただけなのだろう。

しかし、じわじわとたとえようのない気味悪さが足元から這い上がってくる。

自分はここ数日、『ありえないもの』を立て続けに見ている。本当に気のせいなのだろうか。

説明のできない恐ろしさを感じて、麻理は駆け足でアパートに向かう。そして鍵を開けて部屋に入ると「ふぅ」と息を吐いた。背中には冷たい汗をかいていた。

第三章 化け狸は幸せ太りでメタボ気味

日曜日と月曜日は、ニワトコ薬局の休日だ。

世間では休みの多い土曜日に働くのは憂鬱だけど、平日である月曜日を休めるのは妙な優越感がある。

そんな月曜日を明日に控えた日曜日。普段の休日は家で掃除をしたり、のんびりと余暇を過ごしたりする麻理であるが、今日は外で過ごしていた。

河野から遊びに行こうと誘われたのだ。

河野の下について一ヵ月が経とうとしていたが、こと人付き合いにおいて、麻理は河野にあまり積極的なイメージを持ってはいなかった。先輩社員に聞いても、河野のプライベートを知る人間は少ない。

そんな河野から連絡が来たのは、ひとえに麻理が彼の事情を把握しているからだろう。河童という正体を麻理が知ったことで、河野なりに麻理へ歩み寄ろうとしているのかもしれない。

なににしても嬉しかった麻理は、河野の誘いに乗った。自宅付近に河野が車で迎えに来てくれて、ふたりで向かったところは雪女、雪乃の棲む古民家の近くにある山だった。

山の中腹にある駐車場に車を停めて、車を降り、河野がトランクからクーラーボックスを取り出し、「よいしょ」と言って肩にかける。麻理が辺りを見まわすとそこは、川べりにあるキャンプ場だった。

秋晴れで行楽日和の今日は、あちこちにテントが点在していて、川の浅瀬で子供達が遊んでいる。バーベキューをする人達もいて、さまざまにアウトドアを楽しんでいた。

「キャンプ場！　日曜日だと、結構人がいるものですね」

「そうだね。ここは地元の人に人気があるから。……ええと、どこにいるのかな」

河野はキャンプ場をきょろきょろ見まわして誰かを探している。麻理がそんな彼を不思議そうに見上げていると、河野は「あ、いた」と指さし、キャンプ場に入っていった。

麻理も追いかけると、オレンジ色の小さなテントがあって、その先には石を積み上げて作ったかまどの中に薪《まき》を入れている男がいた。

「左近《さこん》さん、こんにちは」

「おっ、河野君。待ってたよ～」

振り向いた男は、垂れ目で妙な愛嬌を見せる、優しそうな中年男性だった。年の頃は四十代といったところで、全体的にまるっとして見えるのは、小太りな体形の上、背が低いからだろう。河野は腰を下ろしてクーラーボックスを置いた。そしてパカリと蓋を開ける。

「ほら、約束していた魚ですよ」

「わあ、さすが河野君だね。どのニジマスもおいしそうだ」

中年男性がクーラーボックスの中を見て嬉しそうな声を上げる。すると河野は、傍らに立つ麻理にニッコリと笑顔を向けた。

「彼女は、前にお話ししていた伊草さんですよ」

男が河野から麻理に視線を向けた。それは見れば見るほど愛嬌のある顔で、かっこいいというより、可愛いという表現が似合いそうな、童顔だ。

彼は麻理に微笑み「そうか、君が伊草さんか」と言った。

「あ、あの?」

麻理が戸惑っていると、男は照れたように頰を搔く。

「これは挨拶が遅れたね。俺の名前は狸山《たぬきやま》左近。君は俺達のような妖怪とも仲よくしてくれる人間だって、河野君から聞いたよ」

妖怪という言葉に、麻理は目を丸くする。つまりこの中年男性も——。

「こういうことを改まって言うのは恥ずかしいな。俺は、化け狸っていう妖怪なんだ」

「ば、化け狸！」

麻理は目を大きく見開く。左近は照れたように目元を赤くして、ぽりぽりと頭を掻いた。

化け狸の話は、麻理も絵本でいくつも読んだことがある。

雪乃が以前「知り合いに化け狸がいる」と話していたが、彼のことだろうか。

「あ、あの、狸山さんは、雪女の雪乃さんをご存じですか？」

ためしにたずねてみると、左近はあっさりと頷く。

「もちろんだよ。この辺りに棲む妖怪は大体把握しているからね。中には隠れ棲んでいるのもいるから、全て知っているわけじゃないけど」

やはり予想どおりだった。妖怪界隈は、想像よりもずっと狭く、そして親密に繋がっているらしい。妖怪や神は、人間社会の片隅で肩を寄せ合って生きているのだ。

「それにしても、化け狸ってことはやっぱり変化とか、できちゃうんですか？　こう、葉っぱを頭に乗せて」

麻理が続けて疑問を口にすると、左近は「あははっ」と楽しそうに笑った。

「河野君の言うとおり、君はなんでも臆面なく聞いてくれるんだね。葉っぱはなくても変化できるよ」

「じゃあ、人間だけじゃなく、茶釜《ちゃがま》とかにも変化できるんですか？　昔話みたいに」

「ああ～、ぶんぶく茶釜の話かな？　たしかに、茶釜にも変化できるよ。でも火にかけないでね。もう火あぶりに遭うのはこりごりだから」

茶目っ気たっぷりに左近が肩をすくめると、麻理は好奇心いっぱいに彼を見た。本物の化け狸に出会えるなんて。祖母が生きていたらなんて言うだろう。しかもこんなに愛嬌のある、麻理が想像していたとおりの化け狸だ。いたずら好きだけど失敗も多くて、絵本の中ではよく痛い目に遭っている。だけどどこか憎めない雰囲気を持つ妖怪が、麻理の知る化け狸だった。

「今日は会社も休みだし、家で暇してたところで、河野君からお誘いが来たんだよ」

「狸山さんも普段は会社勤めをしているんですね」

「うん。しがない営業マンだけどね。俺は釣りが苦手だけど、河野君は釣りが大得意なんだ。朝に釣ったばかりの魚があるって言うから、お相伴《しょうばん》にあずかりに来たってわけ」

「へえ……って、この、たくさんのお魚、全部河野さんが釣ったんですか？」

麻理は驚きで目を丸くする。クーラーボックスの中には、まるまると太ったニジマスが六匹。河野は得意そうに微笑んで、中折れ帽のつばを摘んだ。

「昔から、川釣りだけは得意なんだ。僕は川となじみがあるからかな。川の流れや魚の動きが、なんとなく読めるんだよ」

「うわ、なんだか私、初めて河野さんの河童っぽいところを見た気がします」

「は、初めてって、酷いよね!?　僕のお皿を見たじゃないか！」

「あれは初見のショックが強いあまり、記憶が曖昧になってまして……」

ふっと麻理が目を逸らして呟くと、河野がすねたようにブツブツと呟く。そんなふたりを見て、左近は「あははっ」と楽しそうに笑った。

「へえ～、こんなに気さくな河野君、初めて見た。よっぽど麻理さんに心を許しているんだね」

「ち、違いますよ。僕はあくまで、自分が河童だというアイデンティティを伊草さんに示したいだけなんです」

河野の不満そうな声を、左近はクスクスと笑って流し「さて」と手を叩いた。

「魚を焼こうか。せっかくだから、ついでにバーベキューもしようっていろいろ準備してきたんだよ。今ね、音子《おとこ》さんが駐車場に忘れ物を取りに行ってるんだけど……、遅いなあ」

左近が心配そうに駐車場のほうを見る。音子と言ったが、他にもいるのだろうか。麻理も彼と同じ方向に顔を向けると「来た！」と左近が手を振った。

「音子さーん、こっちだよ〜」

「すみません、左近さん。なんだか同じような色のテントが多くて迷っちゃった」

黒髪を後ろにまとめ上げた女性が近づいてくる。シャツにデニムパンツといったラフな服装をしていたが、驚くほどの美人だった。雪乃のような妖艶さはないが、上品で大人っぽい。彼女は抱っこ紐を取りつけていて、赤子を前に抱いていた。彼女の忘れ物はトートバッグだったらしく、テントにそれを置くと「ふぅ」と息をつく。

「音子さん、大丈夫？　やっぱり俺が取りにいったほうがよかった？」

「ううん、平気。私、ここにいても左近さんみたいに石を積んでかまどなんて作れないし。それにこれくらい動いたほうがいいのよ。運動不足になっちゃうよりはね」

ふふっと笑って、音子が河野と伊草に目を向ける。

「お久しぶりね、河野さん。そしてはじめまして、伊草さん。左近さんからお話は聞いています」

「あ……あっ、はじめまして。伊草麻理、です」

ぺこりと頭を下げる。改めて名前を告げると、音子はニコリと微笑んだ。

「私は狸山音子です。この子は伊予《いよ》。よろしくね」

音子が頭を下げると、抱っこ紐に包まれた赤子の頭が見えた。思わず麻理はまじまじと見つめてしまう。

「あ、あの、ぶしつけな質問なのですが、狸山さんは、そちらの狸山さんの、その……」

なんと聞けばいいかわからず、麻理はごにょごにょと言いながら指を絡ませる。すると音子はクスッとおかしそうに笑った。

「音子でいいわよ。たしかに、気になって当然ね。私はあなたと同じ人間よ。そして、左近さんが化け狸って知っていて、結婚したの」

わあ、と麻理は感嘆の声を上げてしまう。先日出会った朋代は山神と暮らしていたが、単なる同居という雰囲気だった。しかし狸山夫妻は、どこから見ても人間同士の仲睦まじい夫婦に見える。しかも子供までいる。

「化け狸とわかっていて結婚したなんて、凄いですね。馴れ初めがすごく気になってしまいます」

「そうよね。私達は職場で出会ったの。左近さんは営業主任で、私は事務員をしていたんだけど、ある日突然、左近さんからお食事に誘われたの。びっくりしたなあ」

音子は赤子の体を両手で支えながら、ゆっくりとアウトドアチェアに座る。そして昔を懐かしむように空を眺めた。

「このとおり、音子さんは美人でね。社内でも目立ってたんだ。俺はずーっと片思いをしていたんだけど、勇気を出してお誘いしたんだよ〜」

左近がマッチで着火剤に火をつけながら口を挟むと、ニジマスに串を刺していた河野が会話に加わる。

「左近さんは昔から美人に弱いんだ。それで騙されて泣いたことも数知れず。彼の女性遍歴は、涙なしには聞けないよ」

「ちょっと酷い、河野君！　涙なしにはって言ってるわりに、めちゃくちゃ笑ってるじゃないか！」

くっくっと笑いを堪えている河野に、左近が怒り出す。失礼だとわかっていても、麻理は河野の言葉にとても納得してしまった。

「化け狸って、そんなイメージがありますよね。要領が悪いというか」

「麻理さんまで酷い！」

「ごめんなさい。でも、逆に女性を手玉に取るような男の人なんて、女としては嫌ですよ」

「そうそう、だから私も、左近さんを好きになったんじゃない」

大事そうに赤子の背中をポンポンと叩きながら、音子が形のよい唇を上げて微笑む。

「音子さんはどんな風に左近さんが化け狸だって知ったんですか？　やっぱり、お付き合いをするときに教えてもらったんですか？」

麻理が河野から正体を明かされたときのように、左近は自ら音子にカミングアウトしたのだろうか。麻理がたずねると、音子はなにかを思い出したようにクスッと笑う。

「実はね、お付き合いをしている頃に、左近さんと小旅行に行ったのよ。旅館で一泊して朝起きたら、なんと隣に大きな狸が寝ていたの。私、叫んじゃったわ」

それは音子でなくても驚くだろう。麻理も間違いなく悲鳴を上げる。しかし麻理は別のことで驚いて「ええっ！」と声を上げた。

「狸って、左近さんは狸の姿に戻れるんですか⁉」

河野は人間に擬態するのが日常化して、元の姿を忘れてしまったと言っていたのに。するると、河野が肉や野菜の焼き加減を見ながら声をかけてくる。

「左近さんみたいに、昔から変化が得意な妖怪は、元の姿も忘れずにいられるんだろうね。妖狐や化け猫も変化が得意なんだよ。左近さん、僕には滅多に狸姿を見せてくれないけど、すごく可愛いんだ」

「可愛いって言わないでよ。だから見せたくないんだよ」

魚の焼き加減を見ながら左近がぼやく。音子がクスクスと笑った。

「河野さんの言うとおり、左近さんの狸は可愛いわね」

「あ、あの、具体的にどんな感じなんですか？」

「ほら、動物園にアライグマがいるじゃない？　あれをひとまわり大きくした感じね。尻尾もふさふさで、撫で心地がよくって、癒やされるのよ」

音子の説明に、麻理の目がきらきらと輝く。そしてサッと左近に顔を向けると「戻らないよ」とすげなく言われた。麻理はしょんぼりしてお茶を飲む。

「音子さんはともかく、河野君まで俺を撫でまわすんだもん。普通、嫌でしょう？」

「そ、それは……うーん」

「たとえば、俺がこの姿のまま素っ裸になったら、麻理さんは俺の全身をくまなく撫でたいと思う？」

「あ、それは全く思いません」

「でしょう？　それはされるほうもおんなじ。狸になっても俺は俺なんだよ～」

たしかに、麻理自身が猫や犬になったとして、知らない人間に体中を撫でまわされたら嫌だ。むしろ全力で逃げる。見た目は動物だったとしても、やはり彼は妖怪であり、普通の犬や猫と違うんだなあと麻理は改めて感じた。

「それにしても、朝起きたら狸が寝ていたなんて、衝撃だったでしょうね」

麻理が話を戻すと、音子も「そうなのよ～」と楽しそうに相づちを打つ。

「私の叫び声で狸姿の左近さんが飛び上がってね。『どうしたの音子さん！』って毛を逆立てて言うものだから、なんだか……ああ、この狸、左近さんなんだって、理解しちゃったの」

口に両手を当てて笑う音子に、麻理もつられて笑ってしまう。狸姿に戻っていることを自覚しないまま、音子に声をかけていた左近が、なんともうかつで可愛らしい。

「もう、あのときの話は恥ずかしいからやめてよ」

左近が照れたように文句を言って、音子は彼に目を向ける。

「左近さんから全ての事情を説明してもらったわ。自分は化け狸なんだってね」

「それで音子さんは、お付き合いを続けることにしたんですか？」

「ええ。だってそのときはすでに、左近さんのことが好きだったんだもの。彼が妖怪と知っても、その気持ちに変わりはなかったわ。むしろ、これからどんな風にお付き合いできるんだろうって、わくわくしちゃった」

音子の言葉に左近は顔を真っ赤にして、クルッと背を向けた。

人間味に溢れていて、ちょっぴり不器用で、照れ屋。麻理は左近に、親しみのような感情を覚えた。河野とは少し違うけれど、仲よくなれそうな予感のする妖怪だ。

「音子さんに告白する前は、また美人に騙されて搾り取られてポイされるぞって同僚に言われていたんだけどね、それでも俺は諦められなくてお付き合いをお願いしたんだ。音子さんに化け狸の正体がばれたときはもう終わりだって思ったから、受け入れてくれたときは舞い上がるくらい嬉しかったよ」

「なんだか私も照れてしまうわね。そんな風に思ってくれていたなんて、光栄だわ」

音子も頬を染めて目を細める。思わず「ご馳走さま」と言ってしまうほど、仲睦まじい夫婦だ。

「ちなみにその同僚は、俺と同じ妖怪で、妖狐なんだよ。あいつとは昔からずーっと腐れ縁でね。俺が美人に騙されてきた過去もぜーんぶ知ってるから、やめとけの一点張りだった。だから、俺が妖怪だと知ったあとも音子さんは付き合ってくれているって話をしたら、悔しそうな顔をしながら『おめでとう』って、お祝いの言葉をくれたよ」

左近が得意そうな顔をして鼻を鳴らす。何度も女性に騙されてきたけれど、それでも恋することを諦めなかった左近の粘り勝ちということだろうか。

「そういえば、子供は妖怪にならないのよ。こういうのは、遺伝じゃないみたいね」

「そ、それはよかった……んでしょうか？」

音子の言葉に、素直に喜んでいいものかそれとも残念がったほうがいいのか。麻理が懸命に言葉を選んでいると、音子はニッコリと麻理に微笑んだ。

「よかったのよ。特別な能力があってもひとりぼっちでいるしかない人生より、ずっと幸せになれるはず。少なくとも、私はそう思うわ」

「音子さん……そうですね」

麻理も頷く。今まで出会った物の怪達は、皆、心に孤独感を持っていた。河野はもちろんのこと、雪乃も時々寂しそうな顔をしていたし、アラヤマツミは人々から忘れられた過去を持っていた。

物の怪も人間と同じように『寂しい』という感情を持っている以上、ひとりぼっちはつらいはずだ。それを子供に負わせるのは、親として悲しいに違いない。それならば、伊予は『人間』でよかったのだろう。

ふいに、ふわんと香ばしい匂いが鼻腔をくすぐる。麻理が手作りかまどのほうに顔を向けると、河野と左近がニジマスを焼きながら網の上に野菜や肉を並べていた。

「こっちで焼いてるから、音子さんと伊草さんはそっちで待っててていいよ」

「いい焼け具合になったらテーブルに持っていくからね」

ふたりの言葉を聞いて、音子は「お言葉に甘えましょうか」と麻理に言った。麻理は頷き、テーブルを囲むアウトドアチェアに座る。

「あの、音子さん。伊予ちゃんはその、男の子か女の子かどっちなんでしょう。見てもわからなくて」

「ああ、赤ちゃんって男の子も女の子も見た目にあまり区別がないものね。伊予は女の子よ。今は寝てるけど、ほら見て」

「はい。うわあ、可愛い～」

思わず顔がにやけてしまう。伊予は音子のシャツを両手でぎゅっと握りしめたまま、すやすやと寝ていた。母親の胸に包まれて、安心し切った寝顔をしている。

「手とか足とか、すごくちっちゃい。何歳なんですか？」

「一歳と二ヵ月よ。まだまだ手がかかって、毎日大変。嫌になっちゃうことも多いけど、こうやって寝顔を見ていると本当に可愛くて。左近さんなんかめろめろになっているわ」

「あははっ」

めろめろになった左近の様子が容易に想像できて、麻理は思わず笑ってしまう。音子はクーラーボックスからお茶のペットボトルを取り出すと、四人分のコップに注いだ。

「伊予を喜ばせるのに夢中になっていて、家ではしょっちゅう狸の姿に戻ってるのよ。伊予は狸の左近さんを見ると耳や尻尾をひっぱったり、毛をむしろうとしたり……毎回もみくちゃにしちゃうの」

「ふふっ、それでも可愛い娘さんが相手だと、左近さんは自分から狸に戻っちゃうんですね」

左近の娘への溺愛ぶりがうかがえる。音子と麻理が笑い合っていると、左近が串に刺さったニジマスを持ってテーブルにやってきた。その頃には、河野もテーブルに野菜や肉の載った紙皿を並べていて、料理が揃ったところでふたりは席についた。

「では、食べようか」

「すみません、なんだかご馳走になってしまって」

麻理が恐縮して頭を下げる。すると左近がにっこりと人懐っこい笑顔を麻理に向ける。

「なに言ってるの。今日は皆で河野君の釣ったニジマスを食べる日なんだよ」

「そうよ。お肉も野菜もたいしたものじゃないけど、いっぱい食べてね」

音子もニコニコして言う。温かい夫婦の言葉に、麻理の心はじんわりと温もりを感じた。

四人でいただきますと手を合わせ、さっそく麻理は焼きたてのニジマスを手に取る。木製の串に刺さったニジマスにかぶりつくと、ほふっと口元から湯気が零れ出た。

「おいしい！」

ぱあっと麻理の顔が明るくなる。他の三人も、心底おいしそうにニジマスを食べていた。

「これ、焼き加減が絶妙ですね。串を刺したのって、河野さんでしょう?」

「炭火焼き自体が魚をうんとおいしくするからね。コツは、内臓を抜いて生臭さを取ること。串は尻尾から刺すと、よりジューシーに焼き上がるんだよ」

河野が調理したニジマスは串に巻きつくように刺さっていて、ヒレや尻尾についた化粧塩が美しい。まるで料理屋で出される魚の焼き物のようだ。

「河野さんはなんでも上手に料理をするから、凄いのね。奥さんができたら、きっと幸せにできると思うわ」

ぱくぱくとニジマスを食べながら、音子が微笑む。すると河野は「むぐっ」とニジマスを喉に詰まらせ、ドンドンと胸を叩いた。麻理が慌ててお茶のコップを渡すと、彼はそれをゴクゴクと一気飲みして、息を吐く。

「びっくりした……。もう、音子さん、食べてる最中に変なことを言わないでください」

「そんなにおかしいことを言ったかしら。本当に河野さん、変わったわね」

くすくすと笑う音子に、左近も笑いを返して、食べ終わったニジマスの串をゴミ袋に捨てた。

「河野君の私生活が充実しているようでなによりだよ。俺はもう一本ニジマスをいただこうかな。麻理さんも好きなものを食べるといいよ。お肉も野菜もあるからね」

「はい！」

麻理も食べ終わったニジマスの串を捨て、次は箸を取る。香ばしい匂いを漂わせる焼肉に、ピーマンやナス、にんじん。どれもおいしそうな色に焼き上がっていた。

「おいしい。特にこの焼肉のタレが、あっさり味なのに野菜のうま味がたくさん入っていて、いくらでもお肉が食べられます。これ、どのメーカーのタレなんですか？」

香味野菜がたっぷり入った、風味があるタレを味わってから麻理がたずねると、なんということないのようすで河野が答える。

「いや、それは僕の自作だよ。左近さんがお肉を持ってくると言っていたからね」

「て、手作りタレですか」

河野の答えに麻理は驚いて、まじまじと焼肉のタレを見た。アウトドアにバーベキューは鉄板のレジャーだが、タレを自作する人は珍しいのではないか。

「作り方は簡単だよ。フードプロセッサーに野菜とポン酢を入れるだけだからね」

「それにしたって、まめというか……。河野さん、調理家電も使いこなしているんですね」

雪乃やアラヤマツミは、河野は生薬に関する知識が豊富と言っていたが、料理が上手で調理家電まで使いこなすこの男。本当に河童なのだろうか。どこから見ても、河野はただの料理好きの人間の男性だった。

雪乃は吹雪を呼び起こし、アラヤマツミは水を酒に変えてくれた。目の前にいる左近は本来狸の姿をしていて、茶釜のような物品にも変化できるらしい。

それに比べると、河野は全く妖怪らしさがなかった。強いて言うなら川釣りが得意なところと、頭の皿の存在か。しかしあの皿も、実は頭に肌色の皿を貼りつけている人間なんですと説明されたら、納得してしまいそうである。

でも、河童らしさとはなんだろう。麻理が思わず考え込むと、河野が「伊草さーん」と、麻理の目の前に手の平をかざした。

「どうしたの？　お肉、まだあるよ」

「えっ、あ、すみません！　食べます！」

ハッとして麻理が言うと、河野は満足そうに頷いた。

肉や野菜はあっという間に食べ終えてしまって、河野が「お代わりを焼きましょうか」と提案しかまどへ向かった。左近も焼くのを手伝いに行くと、伊予が目覚めて泣き出し、音子は慌ててオレンジ色のテントの中に入ってしまった。

おむつを換えたり、ミルクをあげたり、お世話で忙しいのだろう。音子がテントから出てくる気配はまだなく、やることがなくなってしまった麻理は完全に手持ち無沙汰になってしまい、仕方なく川べりを歩いて、ぼんやりと景色を眺めた。

自然豊かな渓谷は美しく、どれだけ見ても飽きない。麻理はしゃがむと、手近にあった小石を川に投げてみた。ぽちゃんと跳ねる水しぶきを見て、麻理は改めて河野の河童らしい特性について考える。

彼の、河童らしい特性ってなんだろう。懸命に考えて思い出したのは、昔読んだ絵本の内容だった。たしか河童は、川や沼に棲む妖怪で、釣りが得意。魚やきゅうりが好きで、頭に皿があり、肌は緑色をしている。他にもたとえば、特徴はあるのだろうか。

「この際だし、河野さんに河童について聞いてみようかな」

今日は休日。仕事のことを考えなくてもいい貴重な日。今日なら存分に妖怪のことを聞いてもいいはず。思い立ったら即実行の麻理は、きびすを返して河野に向かって走った。

「河野さーん」

「ん、なあに？　お肉はまだ焼けてないよ」

じゅうじゅうと焼ける肉をひっくり返しながら河野が言う。

「そんなに食い意地張ってないですよ。あの、河野さんにいろいろ聞いていいですか？　主に河童についてなんですけど」

河野の隣に座って聞くと、肉や野菜を焼く彼のトングがピタリと止まった。しかし、すぐにニンジンの焼き加減を確認しはじめる。

「うん、別にいいけど」

「じゃあさっそくなんですけど、河野さんはやっぱり、きゅうりが大好物なんですか？」

やはりその質問は欠かせない。河童巻きという寿司があるほどなのだ。麻理の質問に、河野は「その質問か～」と、目を細める。

「きゅうりは好きだよ。と言うより、夏野菜が好きなんだよね。綺麗な水や雨をたっぷり含んで育った、みずみずしい野菜。僕の皿に水が欠かせないように、夏野菜は僕の体に水分と栄養を浸透させてくれる、ありがたい食べ物なんだよ」

河野はそう答えると、肉をもう一度ひっくり返した。そして「そろそろいいかな」と紙皿に肉を載せていく。

「……でも、今のきゅうりはそうでもないかな」

「そうなんですか？」

「うん。今は水道水で育てるのが主流だし、井戸水や自然水を使った野菜なんてほとんど出まわってないし……。さらに野菜の成長に欠かせない雨水がもう、完全に汚染されているからね」

肉の載った紙皿を麻理に渡しつつ、河野が少し困ったように笑った。

「……雨、汚染されているんですか？　たしかに酸性雨とかは聞きますけど、そんなに？」

「害があるってほどじゃないよ。ただ、匂いが駄目なんだ。だから今のきゅうりは、そんなに好きってわけじゃない」

少し寂しそうに言う。しかし河野は慌てたように「でも」と言葉を重ねた。

「きらいってわけでもないよ。魚も、一時期はすごくまずくて食べられなかったけど、最近はまたおいしくなって、嬉しいし」

「ひと頃、この国は川という川が汚染されて、大変な時期があったからねえ」

左近も追加の野菜を焼きながら言葉をかける。ひと頃——おそらくそれは、高度経済成長期と呼ばれた、この国が駆け足で成長していた時期のことを指しているのだろう。川の汚染、山の開発。便利な社会へ成長するのと引き換えに、さまざまな環境問題が浮上した時代があったのだ。しかし近年になって川の水質は改善された。今は綺麗な水質の川に住む苔を餌にする川魚も戻っていると聞いている。

パチパチと火の熾《おこ》る木炭をトングで動かしつつ、左近が懐かしそうな顔をする。

「俺はあの頃、一気にジャンクフード好きになっちゃったんだよね～。ハンバーガーにフライドポテト。ウィンナーとチーズたっぷりのピザ。人間の発明した食べ物は最高だね！」

「そんなだから、左近さんはぷくぷく太ったんですよ」

ボソッと言った河野に、左近が「ぐさあ！」と言ってまるい体をのけぞらせた。

「どうせ『元』がメタボ体形になっても『変化』でどうにかなるって思って、調子に乗って食べまくっていたんでしょう？」

「うっ、なにをそんな、俺の心の声を読むみたいなことを。河童って、読心術持ってたっけ」

「持ってないです。単にあなたを観察して、行動を予想したんですよ」

「うわー、河野君、君、探偵なれるよ。妖怪探偵！　なんか売れそうじゃない？」

「話を、逸らさないでください。メタボ狸さん」

「ひどっ、それ、悪口。悪口だよ、河野君」

肉を焼きながら怖い顔をして迫る河野に、左近がタジタジとなって引き下がる。

「……えっと、失礼な話ですが、左近さんは太り気味なんですか？」

おずおずと麻理が聞けば、河野が呆れたような顔をして、新しい肉を網に載せていく。

「そんな優しい言葉で言わなくていいんだよ。本当にメタボ体質なんだから」

「人間の食べ物はおそろしいよ。太るってわかってる食べ物のほうが各段においしいんだ。だから食べないように努力しようとしても難しい。ビールと唐揚げとギョウザのトリオは最強なんだよ。シメに豚骨醤油ラーメンも捨てがたいね！」

「そんなだから、太るんですっ！」

とうとう河野が怒り出した。ベシッと左近の額にチョップまでかける。

こんなに怒りをあらわにする河野を初めて見た。麻理は驚きに目を丸くするが、それもこれも、全ては左近の体調を心配するがゆえなのだろう。

しかし左近はどこ吹く風だ。「痛いなあ」とたいして痛くもなさそうに額をさすり、焼き色のついたピーマンをひっくり返す。

「大体さあ、メタボ妖怪でもいいじゃない。どうせ俺、変化できるもん。どんなに『元』が太っても、変化でほっそりできるもん。同僚の妖狐だって、変化で常に美形中年気取ってるんだぜ？」

「開き直りとはまた、いい度胸ですね。妖怪だって健康をこじらせたら人間と同じように倒れるんですよ？　僕達は不老ですが、体は、壊すんですからね」

睨む河野に、ピューと口笛を吹いてごまかそうとする左近。麻理は密かに「左近は『タヌキ親父』だなあ」と思った。

狡猾な中年男性を『タヌキ親父』とはよく言ったものだ。飄々として、すぐに騙くらかそうとする人間のことを指す。今の左近はまさに『タヌキ親父』そのものだ。狸だけに。

「河野君は大げさだよ。メタボっていうけど、俺はそこまで酷くないよ。会社の健康診断だってまだ『注意』止まりだし。生活習慣病も問題なし。俺がちょっとやる気を出したら、すぐに体形も、うわあ！」

調子に乗って話していた左近が唐突に体を震わせる。そして力を失ったように、へなへなと尻もちをついた。

彼の叫び声に驚いた河野と麻理は、思わず左近に目を向ける。すると彼のすぐ後ろにいたのは、可愛らしいカバーオールを着た赤子、伊予だった。

「あっ、伊予ちゃん、駄目だよ。そこ、駄目え！」

「な、なんという声を出してるんですか、左近さん」

妙な裏声で叫ぶ左近に、河野がぎょっとした顔をしてつっこむ。伊予はとてもご機嫌な様子で、キャッキャと毛玉のようなものを引っ張っていた。

いや、毛玉ではない。あれは尻尾だ。麻理は目をむいた。左近の後ろから、大きな尻尾がピョコリと顔を出しているのだ。ずんぐりむっくりとした、茶色い尻尾。先は丸くなっていて、黒い縞模様が二本ついている。

「ふふ、調子に乗るとすぐに尻尾が出るんですから。おしおきですよ、左近さん。しばらく伊予ちゃんにいじめられてください」

「音子さんっ！　ちょっ、この不意打ちは酷、いたっ！　伊予ちゃん力まかせに引っ張らないでー！」

ばたばたと左近の尻尾が揺れる。伊予はますますキャッキャと笑って、ぎゅうっと小さな手で尻尾を掴んだ。

「うおっ、この、まるでニワトリに摘まれたような、ねじり切られそうな握力。凄い、さすが僕の娘。じゃなくて、やめてー！」

悶絶する左近を見て、麻理は慌てて辺りを見渡してしまう。ここはキャンプ場で、客もそれなりに多い。左近の尻尾なんて見られたら……と思ったのだが、全くの杞憂なことに気づいた。

誰が、尻尾が生えている人間がいるなんて考えるだろう。

もし尻尾を見られていたとしても、腰に尻尾のアクセサリーをつけているようにしか見えない。麻理だって、妖怪と出会うことがなければ、尻尾のアクセサリーで遊んでいる人間の親子に見えただろう。

だが、実際に感覚のある尻尾をもてあそばれている左近は、たまったものではないらしい。背中側にいる伊予を抱っこしようと手を伸ばそうとするが、腹が邪魔して体をひねることができないという情けないありさまになっている。

やれやれ、と音子が呆れたように微笑んだ。

「駄目ですよ、左近さん。前にも私と約束したでしょう。ちゃんとダイエットしましょうね」

「はい、します、しますから、伊予ちゃんにやめさせてください！」

わっと左近が両手で顔を覆う。耐えきれなくなったのか、頭にぴょこんと耳も現れた。間違いなく、狸の丸い耳だ。しかし小太りの中年男性から耳が生えているので、全く可愛く見えない。

音子はクスッと笑って左近に近づき、彼の前でしゃがみ込んで上目遣いで見上げる。顔がよいだけに、そんな意地悪な笑顔がとても似合っていた。

「河野さんの言うことも聞いてくださいね？」

「はい、聞きますっ、ぎゃー！　伊予ちゃん、海苔巻き作るみたいにクルクル丸めるのやめてー！」

赤子は容赦がない。ニコニコしながら左近の尻尾をおもちゃにしている。どうやら左近が叫んでバタバタと尻尾を振るのが、喜んでいるように見えているようだ。

ようやく音子が、ゆっくりとした手つきで伊予を抱き上げた。

「伊予ちゃん、おしまいですよー。あんまりやると、お父さん泣いちゃいますからね」

「もうお父さん、へろへろです！」

「はいはい。尻尾とお耳は、早く片づけてくださいね」

「片づけるって言い方が酷い！」

笑顔の音子に非難の声を上げながら、左近が首をプルプルと横に振った。そのとたん、耳や尻尾が手品のようにサッと消える。

「老獪《ろうかい》な化け狸も、奥さんにかかると形なしですねえ」

思わずといった様子で笑い出す河野に、左近が「勘弁してよ、もう」と口を尖らせた。

「さて、じゃあダイエットを頑張る左近さんに、僕からもエールを送りますよ。野菜中心のレシピに、特製の薬草袋を用意しましょう。湯船に浮かべて、しっかり半身浴をしてくださいね」

「はぁーい」

ふてくされたように返事をする左近に、麻理は噴き出してしまう。完全に、親に怒られている子供と同じ態度だったからだ。

「お昼は音子さんの手作りお弁当だからいいとして、問題はお酒ですよね。毎日の晩酌は控えて休肝日を作ること。つまみは枝豆や豆腐、冷やしトマトなど、カロリーを抑えたものにすること。大根サラダもいいですね。それから、寝る三時間前には食事を切り上げ、ダラダラとものを食べないこと。それから」

「待って河野君、頭がパンクする。そんなにいっぺんに言われても、覚えられない」

「音子さんがきちんとメモってるから問題なしです」

「音子さん、いつの間に!?」

ぎょっとした顔をして左近が後ろを振り向くと、音子はアウトドアチェアに座り、伊予を片手で抱きながらもう片方の手でメモを取っている。そして、グッと親指を立てた。

「ぬかりありません!」

「うわあ、皆俺の敵だー!　唐揚げとギョウザのないお酒なんてー!」

わっと泣きべそをかく左近に、河野が「大げさですねえ」と呆れた顔をした。

「一週間に一回くらいなら、唐揚げやギョウザを食べるのもいいでしょう。ただし、飲んだあとのラーメンは厳禁ですよ」

「俺の楽しみが……」

「悔しかったら、ちゃんとメタボリックな体形をましにしましょうね」

はっきりと言う音子に、左近はカクンとうなだれた。

そしてしょんぼりした様子で、カリカリと菜箸で金網のコゲをひっかく。

「仕方ないじゃん。低カロリーのものを食べろって言うけど、最近の野菜はおいしくないんだ。木の実はほとんどとれなくなっちゃったし。俺の棲んでた山なんて、猿に取られちゃったし」

「猿ですか？」

麻理が首を傾げる。人間ではなく、猿なのか。左近は焼き色のついた野菜を皿に入れつつ、話しはじめた。

「俺の棲んでた山には昔から猿が棲んでて、うまく共存していたんだよね。本来、猿はあまり増えない種族なんだ。……山の恵みだけを食べていたらね」

「それって、もしかして」

「そう。人間の作る農作物を食べはじめてから、飛躍的に増えたんだよ。木の実や木の皮よりずっとおいしくて、品種改良によって栄養価も高くなった。栄養をたらふくため込んだ猿は毎年子猿を産んで、増えて……」

そこで左近はグッと悔しそうに拳を握った。結局、人間が原因で故郷を追われたなんて……。その悔しさがわかり、麻理はつらくなって目を伏せた。しかし。

「あの『片目』めっ！　増えた猿どもは僕の縄張りにも入ってきたんだよ。そのとき、ボス猿の『片目』が住処を賭けた勝負を持ちかけてきて、俺は見事に負けたんだー！　ああ思い出すだけで悔しいっ！　なぁにが、俺には八匹の守らなければならない嫁がいる、だ！　リア充猿か！」

ぺしぺしと菜箸で金網を叩いて、焼肉をやけ食いしはじめる。

「猿に負けて追い出されたんですか」

「猿は強いんだよ……か弱い狸じゃ、かなわないよ……」

「左近さんは昔から喧嘩が弱くてねえ。だからこそ、化かす技術が巧みになったとも言えるんだけど」

あはは、と河野が笑う。すると左近が「河野君だって喧嘩苦手じゃん！」と突っ込んだ。

「河童だって子供相手に相撲で勝つのが関の山でしょ。騙し討ちと背後からのふい討ちが基本で、真っ向勝負なんてほとんどしないくせに」

「僕の特技なんて、大昔から薬を作ることと釣りくらいですからね」

残り少なくなった肉を焼きながら、河野は言う。麻理はその言葉にハッとして彼に顔を向けた。

「大昔から、河野さんはこんな感じだったんですか？」

「こんな感じって……どんな感じ？」

「その……穏やかで、優しくて、ちょっと後ろ向きな性格をしているけど、親切で」

麻理がそう言うと、左近が「ぶはっ」と噴き出した。そのままお腹を押さえて笑いはじめる。そして河野は俯き、額を手で覆い隠していたが、顔は真っ赤になっていた。

麻理は戸惑って「あの……」とおずおず声をかける。

「私、なんか変なこと言いました？」

「い、いや。なにも変なことは言ってないよ。的確に河野君の性質を言い当ててるなあと思って、つい笑ってしまったんだ。理解されてるねえ、河野君」

「……う、後ろ向きな性格はちょっと余計だよ。……自覚はしてるけど」

ぼそっと河野が呟き、左近がますます笑う。

「河野君はたしかに、前からこんな感じだったよ。でも、もっと昔は違っていたんだ。河野君が人に優しくなったのは、ある人間に命を助けてもらったからなんだよ」

左近の言葉を聞いて、麻理はふいに思い出す。そういえば前にアラヤマツミが言っていた。悪さばかりしていたけれど、人間に助けられて優しくなった妖怪がいると。

思わず河野に顔を向けると、彼はばつの悪そうな顔をして、中折れ帽を深くかぶり直した。

「……僕はね、大昔は悪い妖怪だったんだ。人間を恨んでいて……人を傷つけることばかりしていた。元々の僕は、優しくも親切でもなかったんだ」

最後の肉を焼き終わって、四人分の紙皿に取り分ける。そんな河野を、麻理はジッと見つめた。

「でも、嫌がらせばかりしていたら人間も怒るよね。僕はあるとき、ドジを踏んで皿の水を乾かしてしまい、力をなくしてしまったんだ。人間は僕を囲み、腕や足を切った。命からがら逃げたけど……腕も足もなくて、途方に暮れていたんだ」

テーブルに紙皿を置いて、席につく。皆もアウトドアチェアに座って、麻理は河野の向かい側に腰を下ろした。

「そのときにね、僕の棲む沼にとある人間夫婦がやってきて、僕に腕と足を返してくれたんだ。どうして返してくれるのかと聞いたら『彼らは切りたいから切った。私は返したくなったから返すんだ』って言われた」

それはまだ、この国の人間が少しだけ妖怪と距離が近かった時代。まだ当たり前のように河童や神が存在していた頃。

一体どれほど昔の話をしているのか。麻理は河野を見つめるも、その答えはわからない。

「……僕はそのとき初めて、人間というものを理解したんだよ。人間の残虐さと優しさはどちらも無意識のもので、彼等はごく自然に他種族を淘汰し、あるいは慈しむ。そこに理由なんてなかった」

もしかしたら、その夫婦は河野のことを理解したかったのかもしれないと、麻理は思う。

「心を占めていた憎しみの感情が薄れていくのを感じた。そのあとに思ったのは、ただ、目の前にいる人間に対する感謝だった」

悪行を悪行で返そうとする人間がいる一方で、悪行を許したいと思う人間がいる。

それは人間らしいなと、麻理は感じた。

悪と善が両立している。他の生き物から見れば矛盾だらけだろう。

「僕は人間全てを憎んでいた。でも違ったんだ。僕は、僕を裏切って乱暴する人間がきらいだったけど、助けてくれた人間まできらう必要はない、って思った。かと言って、好きにもなれなかったけど……。でも親切にしてくれたお返しに僕は、夫婦に妙薬《みょうやく》の作り方を教えたんだ」

河童の妙薬――。

それはどんな病気も治る万能薬とも、どんな怪我でも治る軟膏ともいわれていて、実際にはどんな薬かまでは伝わっていない。

ただ、河童が、人間に『妙薬』の作り方を教えたという伝説はたしかに残っているのだ。それも、恩返しとして。

「その夫婦は僕の教えた妙薬を作って、商売をはじめた。よく効く薬は多くの人々の間で愛用され、その夫婦は富を手に入れた。……それ以来、僕の棲む沼には、きゅうりや新鮮な川魚が供物《くもつ》として置かれるようになったんだ」

河野が懐かしそうに言う。すると、左近が穏やかな口調で話を繋げた。

「でも、そんな時代はすでにすぎ去ってしまった。河野君の棲む沼はもうアスファルトで埋められているし、誰も河野君にきゅうりや川魚を捧げてくれる人間はいない」

左近が焼きたての焼肉を前に、箸を取る。麻理もつられたように割り箸を手に持った。

「それでも生きている以上、僕らは生き続けるしかない。河野君を穏やかで優しいと言ったけど、その性格は、人間社会でうまく溶け込むための処世術かもしれないし、希望が持てず、ただ無気力になっているだけかもしれない。……麻理さんはどう思う？」

左近が麻理に茶目っ気のある瞳で楽しそうに聞く。正しい答えを期待しているというよりは、単に麻理の答えが聞きたいだけといった好奇心を感じた。

麻理は少し考えたあと、向かいに座る河野に顔を向ける。

「私も河野さんを知りはじめたときは、全てに諦めているからこそ、等しく優しいのかもしれないって考えました。でも、今はちょっと違うかなって思っています」

河野が河童と知り、雪乃と出会った。彼女と話しているときの河野は穏やかで親切だったけど、時々、投げやりにも聞こえるような無気力さがあった。

アラヤマツミに出会ったときも、不思議な違和感があった。アラヤマツミは河野の過去を知っているようで、河野は自分の過去を麻理に聞かせたくないような感じだった。でも、人間と神が仲よくしているのを見ている河野は、心から嬉しそうな顔をしていた。

そして今日、河野は麻理を誘った。

どういう意図で誘ったのか、その真意はわからない。けれど、彼は決して無感動でも全てに諦めているわけでもないのだ。なぜなら、麻理を誘ったのだから。

「河野さんは私をここに連れてきてくれました。それは、人間と関わりたい気持ちがないとできないことです。だから、声をかけてくれた対象が私だったことが、とても嬉しいです」

まっすぐに河野を見て、麻理は言う。

「河野さんの優しさは処世術からくるものなのかもしれません。でも、やっぱり河野さんは元から優しい妖怪なんだと思います。少し後ろ向きな性格はしてますけど、それは河野さんの個性ですよ」

にっこりと笑ってそう言うと、河野はぼんやりした表情から、みるみると顔色を真っ赤にした。そして左近はお腹を押さえて笑い出す。

「あはは っ! 個性! 個性ときたか。河野君のネガティブは個性。なるほど、いい解釈だ。それは間違っていないよ麻理さん。たしかに河野君の後ろ向きはもはや個性かもしれない」

「そ、そこは笑わないでくださいよ。この性格を個性と言われてしまうと、僕はどうしようもなくなってしまいます」

恥ずかしそうに俯いた河野は、横を向いて中折れ帽を目深にかぶる。すると音子はそんな河野を見てクスクスと笑った。

「よかったじゃない。個性と認められているということはつまり、あなたの優しいところも、ネガティブなところも、全部まとめて受け入れられてるってことなんだから」

「お、音子さん。そういうこと、いちいち口にしないでください。ほ、ほら、食べましょう。せっかく焼いた肉を放っておくなんて、肉に対する冒とくですから」

帽子を深くかぶって俯いたまま、河野が焼肉を食べはじめる。麻理も少し照れながら焼肉を食べはじめた。そして左近と音子はそんなふたりをとても温かい目で見守り、焼肉を口に入れる。

食事が終わると、麻理は自分から片づけを買って出た。バーベキュー中になにもしていないのだ。音子も手伝うと言ってくれたが、伊予の世話もあるのだからゆっくりしていてほしいと言って、麻理はひとりキャンプ場の洗い場で金網をたわしで磨いていた。

ガシガシと金網の汚れと格闘していると、後ろから「ごくろうさま」と声をかけられる。振り向くと、そこには左近がいた。

左近は麻理のそばに立つと、意味深にほほえんだ。麻理が不思議そうに首を傾げると、左近は少し照れた様子で話し出す。

「ありがとう」

「え？」

感謝されるようなことをした覚えのない麻理は思わず聞き返してしまった。

「人間らしい感情を持って河野君と接してくれて、ありがとうってお礼を言いたかったんだ。君がよこしまな気持ちを持った悪人でなくてよかった。河野君との付き合いはそれなりに長いけど、今の彼は、一番気楽そうに見えるからね」

「気楽そう……ですか？」

金網のコゲを取って水で洗い流しながら聞くと、左近は頷く。

「気がゆるんでるっていうのかな。君の前でだけ、『人間らしくしよう』って緊張感がなくて、すごく自然なんだ。きっと、自分が河童であることを受け入れてもらったのがとても嬉しかったんだろうね」

左近が嬉しそうに目を細める。

「でも、だからこそ心配になる。君のような人間は、妖怪に好かれやすい。優しい妖怪にも、そうでない妖怪にもね。だから、気をつけて」

洗い終わった金網を持って、左近は「行こうか」と麻理を促し、テントに向かおうとする。

妖怪に好かれやすい——麻理はふいに、あの夜を思い出す。

やけに大きなカラス。電線の上から、ジッと見つめていた金の瞳。

「その、気をつけるって、具体的にはどんな風に気をつけたらいいんですか？」

「そうだなあ。これから妖怪の知り合いが増えるとしても、あまり『約束』はしないほうがいいね。妖怪は約束にこだわる者が多いから」

「やく、そく……ですか」

「そう。妖怪は人を騙すくせに、約束は信じるんだ。だから、裏切りを許さない。人間と妖怪は似ているところもあるけど、違うところもある。決して相容れない価値観がある。だから、約束には気をつけて」

前を歩いていた左近はくるりと振り返って、そう言った。麻理は神妙に頷いて、彼のあとに続く。

妖怪や神様。ヒトならざる者を知るたび、新しい世界を知って楽しくなる。でも同時に、どうしようもなく深い森に迷い込んでしまったような気もした。

人間と妖怪は違うもの。生き物として、価値観が違うもの。

とある雪女は命を助けた人間の男に、自分が雪女だと口にするなと約束させた。

また、とある鶴は、機織りの際に部屋を覗くなと約束させた。

なのに、約束をやぶるのはいつも人間だ。そのとき妖怪は悲しんだり、その場から消えたり、怒りにまかせて制裁することもある。それは昔話の中だけではなく、きっと本当にあったことなのだろう、と麻理は思う。

約束と裏切り。

左近の言葉が重要と感じた麻理は、そのことを胸に深く刻んだ。

第四章　待ちくたびれた恋する座敷童

――『ボリュームFM』をお聴きの皆様こんにちは。DJユッキーです。だんだんと肌寒い日が増えて、秋の深まりを実感しますね。皆様は秋というとどんな秋を連想しますか？　読書の秋、スポーツの秋、食欲の秋。私は、うーん、やっぱり食欲、でしょうか。秋はおいしいものが多くて、毎日が食欲との戦いですね。太りたくない！　でも食べたい。絶対太らないご馳走があったらいいのに～と、万年ダイエッターの私は思うわけです。食、といえば、最近は食中毒のニュースが相次いでいますね。私もニュースを聞くたび、胸を痛めております。食中毒は夏によく聞きますが、実は秋や冬でも起こりえることだそうですよ。私も多少ながら料理をするので、気をつけないといけないなと思っています。皆様も、食物の安全には気をつけて、おいしいものをたくさん食べましょうね。……あ、ダイエット、忘れてませんよ。ええ、たぶん。

カーラジオから流れてくる『ボリュームFM』の番組を聴き流しながら、麻理は助手席でニワトコ薬局が扱う新製品である健康食品のチラシの確認をしていた。

運転席では河野が運転しており、向かう先は最近河野が担当になった新しい営業エリアだ。

腕時計を見れば、時間は午後二時半。午前中は河野の顧客をまわって薬の補充をし、健康食品の営業をまじえながら玄関先で世間話を交わした。そば屋で昼食を取ったあとは、新しいエリアの顧客に担当引き継ぎの挨拶をしながら、新規開拓の営業をするのだ。

「なんだか、毎日営業していると、他人の家のインターフォンを押すことになんのためらいもなくなってきますよね」

「そうだね。居留守も気にならなくて」

「共働きも増えて留守のお宅も多いですし、セールスお断りのシールを貼られていることもありますよね」

「皆、断るのが面倒くさいんだろうねえ。そんな中、わざわざ外まで出てきてくれて、お話を聞いてくれるお客さんは本当にありがたいよ」

しみじみと河野が言う。営業部きっての稼ぎ頭であっても、顧客の新規開拓は悩みの種なのだ。

「個人経営をしているお店にうまく話すと、お薬を置いてくれたりもするし、我々は地道に頑張っていくしかないね。伊草さんならきっとできると思うよ」

河野についてまわるようになって二ヵ月が経つ。常に優しく応援してくれる彼は、暑苦しい根性論を振りかざしたり、威圧的な言い方をしたりしない理想的な先輩だ。

女性社員からの人気が高いのも理解できるというもの。彼が頭に皿のある河童でなく、人間の男性ならば、彼女を選び放題でプライベートを充実させていたのかもしれない。

そう思うと、河野が河童でよかったなあと麻理は思った。そして、次の瞬間、慌ててその思考を打ち消す。

「いやいやいやいや、違うから。別にライバルいなくてよかったなんて思ってないから！」

ぶるぶると手を横に振っていると、隣で河野が不思議そうに首を傾げた。

「どうしたの？　ライバルって、この辺りでニワトコ薬局以外の配置薬販売の会社はないと思うけど」

「あ、いや、そういうんじゃないんです。えっと……その」

チラシで顔を隠して、ごまかす言いわけを考える。あちこちに視線をめぐらせていると、カーラジオが目に留まった。

「あっ、その、ラジオ！　あの、こうやって改めて聴くと、雪乃さんの声って綺麗ですよね。聞き取りやすくて」

無理矢理話題を変える。あきらかに挙動不審だったが、河野はそれについて深く追求することはなく、「そうだねえ」とのんびり同意した。

「食中毒って、私もここ最近、よくニュースで聴いている気がします。怖いですよね」

「うん。食中毒は夏だけじゃないし、秋や冬でも危険性は同じなんだ。むしろ、油断しそうな季節こそ目を配ったほうがいいだろうね」

車を運転しながら、河野も頷く。なんとか話題が逸らせてよかったと、麻理は住宅地図を眺めた。これから営業にまわる地区は、元々は別の販売員が担当していたのだが、彼は実家の家業を継ぐため、つい最近会社を辞めてしまったのだ。

そんな理由から、急遽河野が引き継ぐことになったわけだが……。

「それにしても、どうして河野さんなんでしょう。河野さんは今担当しているエリアでもちゃんと数字を出しているし、新しい営業エリアが欲しいって言っている人もいるのに」

麻理が疑問を口にすると、河野が「ははっ」と笑った。

「その理由は明確だよ。つまり、誰も担当したがらないエリアだからさ」

「そ、それは、どうしてですか？」

「うーん、それは、行けばわかるかな」

少し困った顔をして、河野が言う。麻理は不思議そうに首を傾げた。

車はやがて、目指した営業エリアに入っていく。一見、普通の住宅地だ。田舎らしい雰囲気はするが、別段おかしなところも見られない。辺りには背丈のあるコスモスが咲き乱れていて、ところどころに生えているススキが風に乗ってサラサラと揺れていた。秋の差し色が入った、至ってのどかな街の風景といえるだろう。

本当にここが、販売員が担当したくない地区なのだろうか？

「この辺りは、コインパーキングがないいんだよね。だからちょっとだけ公民館に停めさせてもらって、歩いてまわろう」

河野は公民館の前の、やけに広い駐車場に車を停める。他に停まっている車はまばらで、公民館は使われていないのか、鍵がかかっているようだ。

「なんだか、思っていたより、寂しそうなところですね」

麻理はもう一度住宅地図を眺める。この辺りは山が近く、集落の形が三角州のようになっていた。

河野は車のトランクからいつものアタッシュケースを取り出し、車の鍵を閉める。

「そうだねえ。実際に寂しいところだよ。とりあえず、ちょっとまわってみようか」

河野の持つアタッシュケースは見るからに重そうなのだが、彼は軽々と片手に持って歩きはじめた。麻理は地図で道を確認しながら、彼の後ろをついていく。

公民館から十分ほど歩くと、住宅がいくつか見えてきた。しかし、麻理は一番手前にある家に近づくと、ひそかに息をのむ。

「……荒れてますね」

「うん。ここにはもう、誰も住んでいないね。人の気配もないし、ほら、電気も止まってる」

河野が音の鳴らないインターフォンのボタンをカチカチと押す。

そこはまさしく、廃屋だった。

手入れのされていない庭は草がぼうぼうに伸び切っていて、雑草の勢いに耐え切れなかったのか、ガーデンフェンスが斜めにゆがんでいる。

泥棒でも入ったのだろうか。古びた家の窓は割れていて、そのまま放置されている。

あきらかに誰も住んでいない家。

麻理は思わずまわりを見た。すると、この廃屋の隣の家も同じように荒れており、道路を挟んだ後ろ側の家も、半壊している。

「こ、これは……どういうことでしょう」

「うーん、話で聞いていたよりずっと深刻だな。この辺りはね、過疎化の激しい地区なんだ。近くにスーパーも病院もないし、学校は何十年も前に廃校になってしまった。バスもとおらないし、電車の駅もない。つまり、住むにはとても不便だから、どんどん人が去ってしまった。皆がこの地区を担当したがらないのは、それが理由なんだよ」

集落の過疎化は、麻理も知識として知っていた。社会問題としてニュースで話題になったこともある。

しかしこうやって現場を眺めると、なんとも寂しい気持ちになる。

「ここ、人住んでるんですか……？」

「もちろん住んでいるよ。ごく少数だけどね。中井《なかい》さんは、ここでも顧客を持っていたんだ。だから僕にお鉢がまわってきたというわけ」

中井というのは先日会社を辞めてしまった販売員の名前だ。

そう言って、河野は集落の先を歩きはじめる。

「前の営業さんと一緒に挨拶まわりできなかったのは痛手だけど、辞めたのは仕方ないことだからね。またいちから顧客関係を築くのに、僕は最適だと思われたんだろう」

とりあえず集落をひととおりまわってみようと、河野が歩き出したので、麻理はあとをついていく。地区自体はさほど広いわけではなかった。探せば人の住んでいそうな家もあり、小さいながらも畑が見つかる。

そしてこの地区で特徴的なのは、集落の真ん中に大きな沼があることだった。沼の面積は広く、湖のようにも見える。

麻理は人が住む家とそうでない家をチェックしながら、沼に顔を向けた。

「なんだか、不思議な雰囲気のある沼ですよね。静かすぎるというか」

「うん……。よくない沼だね」

河野が中折れ帽の頭を掴んで、少し目深にかぶる。そんな彼を、麻理は見上げた。

「よくない沼、ですか？」

「僕は昔、沼に棲んでいたけど、この沼には棲みたいと思わないね。なんというか……死んでいる感じがするんだ」

沼が死んでいる。

その言葉に、麻理はぞくりと背中を震わせた。なぜかとても不吉なものを感じたのだ。

「この沼自体は水も透明度が高いし、よい沼だと言えるよ。でも、生き物が全くいない。ほら、よく見てみなよ」

ざぁっと風が吹く。しかし沼は静かに水面を揺らすだけだった。

魚も鳥もいない。虫もいない。シダやガマといった、水辺で自生している草もない。

すぐ近くには雑草の生い茂った廃屋があるというのに、その沼のまわりは不自然なほどなにもなかった。まるで誰かが手入れしているようにも見えたが、おそらく違うのだろう。

「河野さん……これって、もしかして」

妖怪の仕業？　思わず麻理が聞こうとすると、河野がゆっくりと首を横に振る。

「そういうことは口に出して言わないほうがいいよ。『彼ら』は人間に認識されると、顔を出してくる。興味本位で首をつっこんではいけない。それが僕達との上手な付き合い方だ」

河野の言う『彼ら』と『僕達』は同じものを指す。つまり妖怪――。

この沼に妖怪が棲んでいるのなら、そして不自然なほど生き物の気配がしない理由が、その妖怪によるものならば、関わるべきではない。

河野はそう言った。

「……わかりました」

麻理は素直に頷き、沼から視線を外す。

集落をひととおりまわったあと、麻理と河野は再び公民館に戻る。麻理がチェックした住宅地図を眺めながら、河野は難しそうな顔をして、中折れ帽をかぶり直した。

「住宅七軒に対して、顧客が三軒か。まずは顧客をまわって担当変更の挨拶をして、そのあとはチラシ配りかな。ちょっと新規開拓は難しいかもしれないね」

「そうですね、一軒取れたらいいほうかもしれません」

誰も担当をしたがらない理由がようやく納得できるというものだ。三軒の顧客を手に入れたとしても、新規開拓できなければ自分の成績には繋がらない。

営業で一番の稼ぎ頭ともなると、こういった『お金にならないエリア』も担当させられるのか。麻理は河野の苦労が見えた気がした。

「まあ、残り四軒でも、根気よく話せば聞いてくれるかもしれない。とりあえずは顧客に挨拶していこうか」

「はい！」

嘆いていても仕方がない。担当エリアとして任された以上、自分達は仕事をするしかないのだ。麻理と河野はさっそく顧客の住宅を訪れ、インターフォンを押す。

「すみません、ニワトコ薬局の河野と申します。実は担当が急遽変更となりまして、ご挨拶にうかがいました」

河野がインターフォンに向かってしゃべると、しばらくしてカラリと玄関の引き戸が開いた。出てきたのは高齢の女性。最初は怪訝そうな顔をしていたが、河野の整った相貌と人のよさそうな笑顔、そして耳に心地よい美声とわかりやすい説明で、少しずつ女性の顔がゆるんでいく。

後ろでふたりの会話を聞きながら、麻理はしみじみと実感した。やはり河野は営業で一番の成績を持つ男であり、実力の高い販売員なのだ。

流れるような会話、興味深い話題、巧みな話術。どれも一朝一夕でできるものではない。

河童であっても、頭に皿があっても、麻理にとって河野は尊敬する先輩であり、目指したい販売員の姿だった。

しばらく立ち話をすれば、すっかり女性は河野に心を許して、薬箱のチェックをするために笑顔で玄関に誘ってくれた。

「中井さんから担当が替わるという話を電話で聞いて、最初は心配していたんですが、河野さんなら安心できそうでよかったです。時々、びっくりするほど強引な人が押し売りに来るんですよね」

河野は玄関に入ると「申しわけございません」としおらしく謝る。

「中井は家業を継ぐために田舎へ帰ることになりました。唐突に担当が替わって戸惑われたかと思いますが、今後とも末永くよろしくお願いいたします」

河野がそう言うと、客は人のよい笑顔を浮かべた。

「薬箱はこれです。いろいろとお薬が切れたところだったんですよ」

「それはちょうどよかったですね。では、点検させてもらいます」

玄関で河野は作業をはじめる。アタッシュケースを開けて精算機のタブレットを取り出し、薬を一つひとつ取り出してチェックをはじめた。

「胃腸薬のストックがもうないですね。たしかおひとり暮らしだとうかがっていましたが、なにか体調を悪くなさることがあったんですか？」

「そうなんです。一ヵ月半ほど前でしょうか。一週間くらいお腹を壊していて。ほら、この辺りは病院がないでしょう？　しばらく置き薬をためして、それでも治らなかったらタクシーを呼んで病院に行こうと思っていたんです」

「一週間もですか？　大変だったんですね」

河野は眉をひそめ、同情の言葉をかける。すると女性は「もう治りましたけどね」と苦笑いをした。

「ただ、お腹を壊した原因が全くわからなかったものですから、つい、座《ざ》敷童《しきわらし》の祟りかと思ってしまいましたよ」

「ざ、座敷童ですか？」

思わず麻理がたずねてしまう。彼女は「ええ」と頷き「まあ、迷信ですけどね」とつけ加えた。

「大昔、この辺りは林業が盛んで、街も賑やかだったんですよ。座敷童はその頃から話題に出ていて『家の面倒見ないと座敷童が悪さする』って言われていたんです」

高齢の女性は懐かしそうに話す。麻理と、精算機のタブレットを片手にした河野も黙って彼女の話を聞いた。

「草むしりをちゃんとしないと座敷童が怒り出すよ。家の世話はきちんとして、綺麗な家にしないと駄目なんだよって。きっと、そう脅かして子供に掃除の手伝いをさせる母親の知恵だったんでしょうね」

しとやかに女性は笑ったが、「でも」と、寂しそうな顔をして目を伏せた。

「時代はすっかり変わってしまいました。林業は廃れ、働き手は離れ、今はもう、私のような高齢者しか残っていません。本当は、私も都会に住む娘の世話になるつもりでしたが、なかなか簡単にはいきませんよね。娘にだって家庭があるんですから」

親の面倒を子が見るというのが当然という時代ではないのかもしれない。

経済的な理由もあるだろう。育ち盛りの子供がいるのかもしれない。または夫が反対している可能性もある。今は昔と違うのだ。当たり前のことだが、それは時々悲しい形で現実に影を落とす。

「この集落を見たでしょう。荒れた家は、買い取り手がいなくて、そのまま放置されているんです。取り壊すにもお金がかかりますからね。この辺りは、そんな家ばっかりですよ。だから、座敷童が怒って祟りを起こしたんじゃないかって。ふふ、私みたいなおばあちゃんを祟っても仕方ないのにね」

くすくすと笑う。しかしその女性の笑顔はあまりに寂しそうで、麻理の心は切なくなってしまった。

配置薬のチェックが終わって、河野は麻理に補充する薬の一覧表と使用期限の切れた薬を渡してきた。麻理は客に断って、小走りで公民館に向かう。車のトランクから指示されたとおりの薬を取り出しながら、客の話を思い出した。

「座敷童、か……」

そんな妖怪がいるのだろうか。以前の麻理なら、いないに決まっていると一蹴しただろう。だが、今の麻理はどうしてもそう思えなかった。

河童、雪女、化け狸。ここまで揃っているなら、間違いなく座敷童もいるのだろう。

「罪のないおばあちゃんに悪さするとは思えないけど、この集落にもし座敷童がいたら、きっと寂しいんだろうな」

ぽつりと呟く。

座敷童は、家に棲む妖怪だ。祖母の家で読んだ絵本では、座敷童は和服を着た子供の姿をしていて、家を守る妖怪なのだという。

もし、あの荒れた廃屋に棲んでいたとしたら、寂しい気持ちでいっぱいだろう。そんなことを考えながら、麻理はトランクを閉め、客の住宅に向かって走る。その道すがら、ふいに沼の方向を見てしまった。

――上質な絹のように艶やかでまっすぐな黒髪。雪のように白い肌。鮮やかな紅を引いた唇。白い着物には、ひと際目を引く、赤いツバキの柄。

「……えっ」

寂しげな集落にそぐわないほど美しい和装の少女。麻理が思わずまばたきをすると、その姿は幻のように消えていた。

麻理の瞳が驚愕に丸く大きくなる。どこに行ったんだろうとキョロキョロすると、沼から少し離れた家に入っていく少女の後ろ姿が見えた。

その姿はまるで、麻理を誘っているように見えて、背中がぞくりと寒くなる。

麻理は数歩あとずさりをすると、全力疾走で河野のいる客の家に向かった。

玄関をがらりと開けると、河野は客から温かいお茶を貰いながら、玄関先でほがらかに会話をしていた。

「河野さんは博識ですねえ。お野菜が体にいいのはわかっていましたけど、症状によって細かく野菜の種類が分けられているなんて、知りませんでした」

「お話を聞くと、胃腸を冷やしたのが原因ではないかと思われるので、お腹を温めながら、殺菌や解毒の効果のある野菜を取り入れると、胃腸の働きが正常に戻ると思いますよ。積極的に取り入れてみてくださいね」

　どうやら会話の内容は、胃腸の調子を改善する食材についてらしい。

　女性は河野の話を熱心に聞いており、メモまで取っている。麻理が玄関に入ると、河野は「おかえりなさい」と言って薬を受け取った。

「さつまいもがお腹にいいのは知っていたけれど、そんなに簡単な材料で薬膳料理になるなんてねえ」

「胃腸は精神的なストレスでも調子が悪くなったりするので、精神を安定させる、優しい味の食材がお薦めなんですよ。りんごとさつまいものレモン煮は理想的な組み合わせですし、山芋や梅干しもお薦めですよ。こちらも火を入れて、温かい料理にしてくださいね。山芋は胃腸の働きを整えて、消化を促進する働きがありますし、なにより食べやすいところがいいですよ」

「そうですねえ、本当に、河野さんの話は興味深くて面白いわ。またいらしてね」

女性はすっかり河野と仲よくなってしまったようだ。まだ出会って数分なのに、警戒心は綺麗になくなっている。

相貌がよい上、癒やし系の人柄が人の心を掴むのだろう。麻理がふたりのやりとりを見ていると、薬を補充し終えた河野が「よし」と満足げに頷いた。

「お言葉に甘えて、また寄らせていただきますね。次は二ヵ月後くらいにお邪魔すると思います」

忙しそうな家だと、三ヵ月から四ヵ月ほど訪問期間を空けることもあるが、この家に住む女性は高齢のひとり暮らしということもあり、短い期間で頻繁に様子を見に行ったほうが安心すると思ったのだろう。案の定、女性は「一ヵ月後でもいいのよ？」と嬉しそうに言った。

女性の家をあとにして、次の顧客の家を目指してふたりは歩く。

「……こんなに人のいない集落だと、やっぱり話し相手に困るんでしょうか。おばあさん、嬉しそうに河野さんとしゃべってましたね」

ほんわかした高齢の女性。見送るときも笑顔で手を振っていたが、どこか寂しそうに見えた。アタッシュケースを片手に歩きながら、河野が口を開く。

「人のいない集落でも、寂しいと思うかどうかは、人によるよ。中にはひとりが好きで、人と関わりたくない人間もいる。だけどあのお客さんは、人恋しいみたいだね。それでも、さまざまな事情からあの家を離れることができないんだろう」

「都会の娘さんのところに行きたいって言ってましたからね。……本当に、いろいろあるんだろうなあ」

客と密接に関わる仕事だからこそ、プライベートに踏み込んではいけない。自分達はあくまで商売人であり、客の隣人ではないのだ。

つい、余計なお世話を焼きそうになってしまう麻理にとって、この辺りの線引きは難しく感じる。適度に近く、適度に遠い。客との関係の構築はとても難しく、ナイーブなものだ。

麻理はそっと視線を動かす。道の先には、和装の少女が入っていった例の廃屋があった。

「あの、河野さん。実は私、さっきお薬を取りに行ったとき、不思議なものを見たんです」

「ん、不思議なものって？」

麻理は先ほど見たものを説明した。沼の前に美しい和装の少女が立っていたこと。そして、目の前にある廃屋に入って行ったこと。

河野は「ふぅむ」と顎を撫で、麻理が指さした廃屋を見つめる。

「わかった。とりあえず先に顧客をまわろう。そのあと、あの廃屋に行ってみよう」

「はい」

麻理は頷き、心の中で安堵した。河野に言ってよかった。彼女が座敷童だったとしても、そうでなかったとしても、河野ならどうにかしてくれるのではないかと思ったのだ。

残りの顧客宅を順番に訪れ、そのたびに河野と麻理は新任挨拶をしながら名刺を渡す。

客は全員高齢者で、うちひとりが男性だった。いずれもひとり暮らしをしていて、皆、河野の人柄に心を許し、愛想よく相手をしてくれる。

偏屈な人間はひとりもいなくて、善良そうな人ばかりだった。

「最近は、資産運用がどうたらとか、俺だよ俺とか、怪しい電話ばっかりでなあ。たまにインターフォンが鳴ったかと思えば、フトン買えだの長生きする薬を買えだの、俺は正直、これ以上長生きなんかしたくねえのに、迷惑な話だよ」

男性の客はそんな愚痴をこぼして、やれやれと肩を落としていた。高齢者を狙う詐欺はあとをたたない。

ひとつ、奇妙な共通点があった。それは三人の顧客が全員、胃腸薬のストックを全て使っていて、いずれも『腹を壊した』と言っていたこと。皆重症にはならず、一週間ほどで治ったそうだが、麻理は不思議に感じた。そして同時に、巷を騒がせているニュースを思い出す。

――集団食中毒。

今日もラジオで、ＤＪユッキーこと、雪乃がそのことを話題にしていた。

この寂しい集落で、人知れず集団食中毒があったのだとしたら。

彼らは個々で食事をしていた。特に共通のものを食べたわけではないし、共に食事をしたわけでもない。

それなのに、同じ期間、三人は同じ症状に悩まされていたのだ。もしかすると、この集落に住む顧客以外の住民も、腹痛に苦しんでいたかもしれない。

ただ、近くに病院がない上、皆軽症で済んだから、話題にならなかったのだ。

麻理の背中がぞくぞくする。寒いのではない。不思議な恐怖で、体が震えたのだ。

顧客に挨拶し終わって、麻理と河野は廃屋に足を向ける。見れば河野も少し硬い表情をしていて、麻理はつい彼のジャケットの袖を引っ張ってしまった。

「河野さん。大丈夫でしょうか」

「ん、大丈夫ってどういうこと？」

「その、あの廃屋を見に行ってもいいのかなって。もしかしたら、放っておいたほうがいいのかもしれないって思って」

さっき河野は言っていた。興味本位で妖怪に関わるべきではないと。しかし彼は、麻理を安心させるように微笑む。

「それは問題ないよ。むしろ、あの廃屋に座敷童がいるのなら、ちゃんと会って話をしておきたいくらいだ」

「そうなんですか？　でも、なんだか河野さん、怖い顔をしていますけど」

「ああ、それはね。考えごとをしていたんだ。……この集落に起きていたこと。お客さんが皆、腹痛に苦しんでいたこと。原因はなんだろうってね」

それは麻理も考えていたことだ。この集落で密かに起きていた小さな事件は、世間を騒がせる食中毒問題と共通するのではないかと。

「もしかしたら、って考えていることがある。さすがにないと思いたいけど……」

ブツブツと河野が呟くが、やがてひとつ頷いて、彼はポンポンと麻理の背中を叩いた。

「ま、少なくとも、あの食中毒問題と座敷童は関係ないと思うよ。だから行こう」

「……はい」

麻理は頷き、ふたりで廃屋に向かう。

廃屋の庭は足の踏み場もないほど雑草が生い茂っていて、ざかざかと草を踏んで玄関に近づいた。

朽ち果てた住居は欧風の家で、お洒落なデザインのポストがあるが、すっかり赤く錆ついており、元の色がどんな色かもわからなかった。

河野が玄関のドアノブを握る。しかし鍵がかかっていて、開かない。

そのとき、横から鈴のような声が聞こえてきた。

「あら、あなた、もしかして河童なの？」

さく、と草を踏む音。

麻理と河野が同時に横を向くと、そこには少女が立っていた。

濡れているのかと思うほど、艶のあるまっすぐな黒髪は肩口で切り揃えられている。

やわ餅のような白い肌に、赤い唇。

真っ白の着物には、鮮やかなツバキの柄がある。

麻理が先ほど見た少女だ。年の頃は十二歳くらいに見えるが、彼女が妖怪ならば、見た目と年齢は一致しないだろう。

それに彼女は、河野をひと目で河童だと見抜いた。間違いない。少女は『河野側』の存在なのだ。

「……本当に座敷童がいたね、伊草さん」

河野が静かな声を出す。やはり彼女は妖怪――座敷童なのだ。

雪乃や狸山音子のような類の美人ではなく、むしょうに庇護欲をそそる愛らしさを持つ少女。もし、目の前の座敷童がアイドルになったら、たちまち大人気になってしまいそうだ。そんな彼女はきらきらした笑顔を浮かべて、まじまじと河野を見つめる。

「うわー河童なんて何十年ぶりよー。あなたどこの沼出身？　ていうか、その帽子、もしかして皿隠すためなの？　ダッサ！　あははっ！　河童って大変だよねー。だってどんなに顔をイケメンに作っても、皿だけは隠せないんだもん。あれどう見てもハゲだよね。なんであれ肌色なの！　前々からセンス最悪って思ってたんだよねー」

ぺらぺらぺらぺら。可愛らしい口から出てくるのは、見た目とギャップがありすぎる罵詈雑言。

麻理はもちろんのこと、河野もぽかんとして彼女を見ている。

すると彼女はつかつかと草履を履いた足で近づき、次は麻理の前に来た。

「あんた、さっき沼の前で会ったわね。あたしのことが見えるの？」

「えっ、そ、そりゃ、見えますけど」

戸惑いながら麻理が答えると、彼女は腰に手を当てて、憤然とした顔をした。ちなみにそんな怒り顔も非常に可愛らしい。見た目だけは。

「ふぅん。そばに河童がいるのが原因かしら。あたしは、大人には見えづらいのにね」

「というより、彼女は幼心を持った大人なんだ。僕らのような存在に寛容だからね。それで、君はさっきから僕のことを河童と呼ぶけれど、それなら僕は、君のことを座敷童と呼べばいいのかな？」

少し機嫌を損ねたように、河野が腕を組んで聞いてくる。自分の皿を悪く言われるのは、温厚な彼でも腹が立つのだろう。

しかし少女は河野の不機嫌を全く気にした様子もなく、仁王立ちのまま胸を張った。

「そうね、あたしは座敷童よ。ここの家主はあたしを椿《つばき》と呼んだわ。だからあたしのことは椿と呼んでちょうだい」

鮮やかなツバキの描かれた着物の裾を翻《ひるがえ》し、椿が優雅にお辞儀して挨拶をする。

河野は疲れたようなため息をつき、中折れ帽をかぶり直した。

「僕は河野遥河。河童とは呼ばないでほしい。それは人間を『人間』と呼ぶようなものだからね」

「……私は、伊草麻理です」

河野に続いて麻理も挨拶する。椿は「遥河に麻理ね」と確認して、大きく頷いた。

「とりあえず、立ち話もなんだし、うちに寄っていきなよ。新しく妖怪に会えるなんて久しぶりだしね。まあ、見たとおりなんにもないし、全くおもてなしはできないけど」

そう言って、椿は窓から家の中に入っていく。そこは掃き出し窓になっていたが、ガラスが粉々に割れていて、出入りが自由になっていた。おそらく、泥棒が入って家捜《やさが》しされたのだろう。

パキパキとガラスを踏む音を立てながら、麻理はおっかなびっくり部屋に入る。

これは住居侵入罪が適用されるのだろうか。そんな恐れを抱きつつ。

その部屋は、リビングルームのようだった。ボロボロで土にまみれているが、L字ソファがあり、その向かいにはテレビ台がある。しかし、肝心のテレビはなく、もしかすると盗まれたのかもしれない。

ツン、と下水の饐《す》えた臭いがする。リビングルームの奥はカウンターキッチンがあり、どうやらそこのシンクから悪臭が漂っているようだった。

天井や部屋の隅には蜘蛛の巣が張っていて、床は土と泥で薄汚れている。

長年人が住んでいないとひと目でわかるほど荒れ放題だ。

「椿は、ここにどれくらいの間棲んでいるの？」

薄暗いリビングをひととおり眺めた河野が聞く。椿はスタスタとダイニングテーブルの辺りまで歩くと、ふぅっと軽く息を吹いた。すると埃をかぶっていた汚いテーブルが、一瞬にしてピカピカになる。

座敷童は家の守り神だというが、そんな業が使えるのかと、麻理は目を丸くした。

椿は新品同様になったテーブルの上に座って、河野をジッと見つめる。

「そうね、この家が建てられてほどなく棲みはじめたから、三十年ほどになるわ」

三十年――麻理が生まれるより前から、彼女はこの家に棲んでいたのだ。その頃には当然、この家で生活する人間がいたのだろう。しかし今は誰もいない。それなのにどうして、彼女は未だにこの家に棲み続けているのか。

「あの、座敷童って、人が住む家に棲みつくんだと思ったんだけど、人が住んでいなくても、ずっとその家に棲み続けるものなの？」

おずおずと麻理が聞く。すると椿は少し興味を持ったように麻理を見つめた。

それは緑がかった、黒い瞳。河野や左近と同じ色。

「ふぅん。遙河にくっついてるだけの人間って思っていたけれど、麻理は物怖じしないのね。私にそんなことを聞いてくるなんて、度胸があっていいわ。合格」

なにが合格かはわからないが、椿は満足したようにニンマリと笑顔を浮かべた。

「合格だから質問に答えてあげる。たしかに、座敷童は基本的に、人間の住む家に棲みつく妖怪よ。だってあたしは人間いじりが大好きなの。だから、その家から人がいなくなれば、別に棲みつく家を探すのが普通だし、人が住んでいても、飽きたら別の家に移り棲むの。あたし達はね、気まぐれだから」

ふふっと笑って、彼女は細い指をくるりとまわした。するとダイニングテーブルのそばにあったふたつの椅子がふわりと浮かんで、椿の正面に並んで置かれる。そしてフッと椿が軽く息を吹きかけると、椅子は一瞬で新品同様の輝きを取り戻した。

どうやら座れということらしい。麻理と河野は目を合わせると、河野が先に椅子に座った。麻理も彼に続く。

「座敷童は、家の繁栄と衰退を操《あやつ》る妖怪だ。つまりこの現状は、衰退させたということなのかな」

河野が静かに問う。椿の表情が少し複雑な笑みに変わった。

「どうかしらね。この家だけで判断すれば衰退かもしれないけれど、この家に住んでいた人間からすれば、繁栄の結果だったのかもしれないわ」

「どういうこと？」

麻理が再び質問を投げかける。

「この家に住んでいた人間のひとりがね、建築士になったのよ。そして、海外で才能を芽吹かせることに成功したの。つまりその人間にとっては、この家で繁栄したといえるのかもしれない」

　椿の説明に、河野が神妙な顔をした。不可解といった様子で、腕を組む。

「どうして椿は、別の家に移り棲まず、こんな廃屋にずっといるんだ。ここはよくないところだよ。こんなところで何年も過ごしていれば、間違いなく心を病む。座敷童は賑やかな家が好きなはずだ。孤独には耐えられないはずだ」

　河野がつらそうな顔をする。

　しかし椿は逆に、気の強そうな笑顔を向けた。

「あたしは孤独じゃないし、心を病むこともないわ。だってあたしは、彼を待ってるんだもの。彼はこの家に戻るって約束したの。今は廃屋も同然だけど、帰ってきたら美しく建て直して、庭の雑草も綺麗に刈り取って、あたしはまた、この家で楽しく過ごすのよ」

　椿が楽しそうに話す。しかし麻理はますます疑問を持ってしまった。

「椿ちゃんは何年くらい待っているの？　あと、その建築士って人、今はどこに住んでいるの？」

「さあ。あたし、何年待っているのかしら。せいぜい十年程度じゃない？　あの子はね、今はアメリカにいるはずよ」

テーブルに座りながら、椿が少し遠い目をする。アメリカは遠い異国の地だ。そんなところで十年。果たして彼は、本当に帰ってくるのだろうか。

「言ったでしょう。海外で才能を芽吹かせたって。あの子は今、海外で仕事しているの。でも、彼は日本を発つとき、あたしに約束したのよ。必ずここに帰ってくるって。それまで待っていてって」

だから、椿はこんな朽ち果てた廃屋に棲み続けている。この家に住んでいた人間が帰ってくることを信じ続けて、十年――。

麻理はなんとも言えない顔をしてしまう。しかしそのとき、河野はゆっくりと立ち上がった。

「わかった。君は自分から望んでここに棲んでいたんだね。誤解して悪かった。……行こう、伊草さん」

「あ、えっ、いいんですか？」

麻理が戸惑うと、河野は中折れ帽を深くかぶり直して頷いた。

「彼女が今の生活に納得しているのなら、僕からはなにも言うことはないよ」

河野はアタッシュケースを手に取り、入ってきた窓に向かう。つられるように麻理も立ち上がると、テーブルのほうから声が飛んでくる。

「そうね。河童ごときに心配されるほど落ちぶれてはいないわよ。あなたなんて、お皿しか妖怪らしさがないじゃない。そんな姿になっても消えることができないなんて、逆に哀れね」

くすくす、くすくす。

罪を知らない無邪気な笑い声で、椿は意地の悪いことを言う。

思わず麻理は振り向いたが、そこには誰もいなかった。

ピカピカになったはずのテーブルは埃をかぶっていて、気づけば、自分達が座っていた椅子も、ぼろぼろの姿に戻っている。

まるで狐につままれたみたい。麻理がきょろきょろと辺りを見まわしていると、河野に「行こう」と促された。

廃屋から出て、麻理は河野の顔を見上げる。

彼の表情は、中折れ帽の影になっていて、よくわからない。怒っているようにも見えるし、無関心にも見える。

やがて河野は麻理の視線に気づき「どうしたの？」と声をかけてきた。

「あ、あの。……さっき、椿ちゃんが、河野さんに酷いこと言ってたから、き、傷ついたのかなって、思って」

麻理がごにょごにょと小声で言うと、河野はようやく笑顔を見せた。それはいつもどおりの、穏やかで優しい河野の笑み。麻理の心はほわりと温かくなって、不思議と安心する。

「……伊草さんは、優しいね」

「えっ、え、っと。や、優しいとかじゃなくて」

とても柔らかな声でしみじみと言うものだから、麻理は慌ててしまった。すると河野はさらにくすくすと笑い声を立てる。

「大丈夫だよ、ありがとう。椿の言ったことはなにも間違ってることじゃないから、傷ついたりはしていないよ」

「そ、それならいいんですけど。でも、お皿だけだなんて、言いすぎだと思いますよ」

自分も密かにそう思っていたなんて言えない。その後ろめたさもあって、麻理はうかがうように言う。しかし河野は気落ちする様子もなく、軽く笑う。

「実際、お皿しか妖怪らしさがないからね。人間の知らない薬を調合することもできるけど、そんなのは単なる知識にすぎないでしょ。僕は他の妖怪みたいに、摩訶不思議な業はなにひとつ使えない」

吹雪を自在に操ることも、自由にその姿を変えることもできない。椿みたいに、息を吹きかけるだけで、家具を綺麗にすることもできない。

河野だけ、なにもなかった。

麻理に河童だと告げた日から、彼だけは妖怪らしいところを見せない。唯一と言える特徴は皿だけ。彼を妖怪たらしめるのは、頭の皿と、気の遠くなるような寿命のみ。彼は麻理が想像つかないほどの長い間、妖怪らしい力をふるうこともできず、人間に擬態し、いつしか本当の姿も忘れてしまって、擬態の姿が本物になってしまったのだ。そしてずっと、人間の社会に溶け込んで生きてきた。

いつか人々に忘れられて滅びるときを待ち、どこか諦めた笑顔を浮かべながら。

麻理の表情が自然と悲痛にゆがんでいく。そんな彼女の顔を見て、河野はおかしそうに笑い声を立てた。

「本当に、伊草さんはいい人だねえ」

「え？」

「他人の、しかも妖怪の事情を察して、まるで自分の痛みのように感じてくれている。長生きも、してみるものだね」

優しく目を細め、麻理を見つめてくる。人間とは少し違う、深い緑がかった黒の瞳。

なぜか麻理も、目が逸らせなくなる。

「君に、僕のことを話せてよかったよ」

「河野さん……」

あまりにまっすぐな瞳。いつもの麻理ならここで照れそうなものだが、それすら許されないくらい、河野は真面目な顔をしていた。

しかし彼はすぐに相好を崩し、ポンポンと軽く麻理の背中を叩いてくる。

「大丈夫。今の僕は、前ほど後ろ向きじゃないよ。たしかに目に見えるような不思議な力は持っていないけど、卑屈な気持ちも持っていない。なにもなくても、僕が河童であることに変わりはないんだから。ここに、皿がある限りね」

トントン、と中折れ帽の頂点を叩く。そのおどけたしぐさに、思わず麻理はクスッと笑った。

「そうですね。河野さんはお皿にかける水にこだわる、変な河童です」

麻理もくだけた調子で言うと、河野は「変は余計だよ」と笑って文句を言った。

ふたりは仕事を再開することにした。顧客の新規開拓もしなくてはいけない。麻理はインターフォンを押して、配置薬の営業をはじめた。

たった四軒だったが、そのうち二軒は家から出てきてくれて、玄関前で話をすることができた。チラシを渡し、また訪問させてもらうと約束をする。初見で薬を置かせてもらえる家もたまにあるが、ほとんどは何度か訪問を繰り返して、薬を置かせてもらえるようになるのだ。

営業の成果をメモして、公民館に戻る。

「河野さん。椿ちゃんのことについてなんですけど、本当に彼女のことは放っておいていいんですか？　割とキツイこと言う子でしたけど、やっぱりあの廃屋でひとりというのは、寂しいんじゃないでしょうか」

すると、河野は困った様子で微笑んだ。

「座敷童は基本的にあんな感じだよ。無邪気で遠慮がなくて、いたずら好きで気まぐれだ。でも、約束だけはなにがあっても守るという、義理堅いところもある。椿にとってあの約束は、契約にも等しい大事なものなんだろう。それなら、僕達が説得したところで仕方のないことだよ」

「そ、そうなんですか？　でも……」

麻理はどうしても気になってしまう。

いつか帰ってくる。そんな口約束を信じ、家が朽ち果てても、足の踏み場がないほど庭が荒れ放題になっても、待ち続ける座敷童。

寂しいか寂しくないかで言えば、少しは寂しいのではないだろうか。ただ、気の強い性格が災いして、口に出せないだけなのではないだろうか。

麻理の、なにかしてあげたいという気持ちがむくむくと湧き出てくる。

単なるお節介かもしれない、余計なこと。

それでも、彼女が寂しさを少しでも感じているのなら、なにかできないか。つい、麻理は考え込んでしまう。

そんな麻理をジッと見つめた河野は、なにか微笑ましいものを見るような目をした。

「それなら、時々様子を見に行ってみたらどう？」

「え、いいんですか？」

「構わないよ。向こうがそれを望むならね。僕もちょっと椿について調べたいことがあるし、椿の様子を僕に教えてくれると嬉しい」

河野から頼みごとをされるなんて、初めてだった。ようやく河野が麻理を頼ってくれたように感じて、とても嬉しくなる。

「わかりました！」

意気込んで返事をすると、河野は頷き、車に乗り込んだ。麻理も助手席に乗り、車は走り出す。

「河野さんは、椿ちゃんのことでなにが気になったんですか？」

「ん？　ああ。彼女と約束した人間のことだよ。もう十年帰っていないんでしょ？　妖怪にとって十年はさほど長いものではないけど、人間にとっての十年は長いはずだ。本当に帰る気があるのか、調べておきたいんだ」

河野の言葉に、麻理は神妙な表情を浮かべる。たしかにそれは、調べておきたいことだ。

「でも、もし、帰ってこないとわかったら。椿ちゃんはつらいですよね」

「そうだね。怒った座敷童は手に負えないから、できれば悪い結果なんて出ないでほしい。でも、知らないよりは知っておくほうがいいからね。伊草さんは僕の調べがつくまでの間、椿の相手をしていて」

「……はい」

麻理はこくりと頷いた。

それから数日が経った休日の朝。麻理はさっそく椿の棲む家に行くことにした。

車があれば一時間ほどでたどりつくのに、車がないと、あの集落に行くのは非常に大変な道のりになる。伊達に過疎地ではないということだ。まずはアパートの最寄り駅から、四時間に一本しか走っていない路線バスに乗って、終点まで一時間半。

あとは徒歩だ。ガードレールも歩道もない道路の路側帯を、ひたすら歩く。

道のりは長く、途中で休憩を挟む。といっても、この辺りは喫茶店なんてものはもちろんのこと、コンビニすらない。Uターンスペースの端っこに座って、背中に背負っていたリュックからお茶を取り出して飲むのがせいぜいだ。

そして、黙々と歩くこと二時間。ようやく集落が見えてきた。

「はぁ、ここまで来るのに、お昼までかかっちゃった。たしかに、ここに住み続けるのは大変だろうなあ」

つくづく、車とは便利な移動手段だと思う。

公民館をとおりすぎたら、ほどなくして大きな沼が見えてきた。相変わらずその沼はシンと静まりかえっていて、除草剤でも撒いているのかと思うほど、植物が生えていない。鳥や魚の影もない。

祖母の住んでいた街にあった小さな沼地には、シダやガマがワサワサと生い茂っていて、コオロギやバッタなどの虫や、魚、そして魚を狙う鳥など、生命で溢れていた。それなのに、この沼には本来あるべきものが一切ない。

その事実がなんだか怖くて、麻理は河野の言葉を思い出す。彼は「この沼はよくない」

と呟いていた。

やはり、直視するものではないだろう。この沼になんらかの妖怪が関わっていたとしたら、間違いなく自分の手にあまる。麻理は沼から視線を逸らし、椿が棲みつく廃屋に向かった。

「椿ちゃん、いるかな～？」

窓が割れたまま放置されているリビングに向かって、麻理はそうっと声をかける。

ここは住民の少ない集落ではあるが、それでも人がいるのだ。あまり大声を上げると目立ちそうで、麻理は小声で椿を呼んでみる。すると「なーあーに？」とリビングの奥から声が聞こえた。

それは間違いなく、椿の声。

「あの、今日はお菓子を持ってきたんだけど、食べる？」

「……なんのお菓子？」

「おだんごだよ」

「おだんごかあ。ぎりぎり合格かな。うん、食べてあげる」

ひょこっとリビングの陰から椿が現れた。先日と同じ真っ白な生地に、赤いツバキの絵柄の着物を着ている。

椿がふぅっと軽く息を吹くと、ガラスの破片が散らばって座るどころではなかったリビングの縁側が、さらりと綺麗になった。

相変わらず不思議な現象だ。ちりひとつなくなった縁側にふたりは並んで座って、麻理はリュックからだんごのパックを取り出した。

「家の近くの和菓子屋さんで買ってきたものだけど、はいどうぞ」

膝の上でパックの包装をはがし、串に刺さっただんごを一本渡す。椿はそれを、まじまじと見た。

「……ふぅん、みたらしだんごじゃないのね」

「うん。おいしそうだったからこれにしたんだけど、みたらしのほうがよかった？」

麻理が買ってきただんごは、抹茶味の焼きだんごにこしあんのかかっただんごだ。椿はそれにパクッと食いつき、もぐもぐと口を動かしてから「別に、きらいじゃないわ」と言った。

麻理も自分のだんごを口にして、ふたりはしばらく黙って食べる。一本目を食べ終わった椿は、なにも刺さっていない串を膝に置いた。

「……なんで」

「ん？」

「なんで、来たの？」

それはもっともな質問だった。しかし、麻理はその質問に対する答えを全く用意していなかったので、困ったようにぽりぽりと頬を掻く。

「特に理由はなくて。単に、椿ちゃんに会いたくなったんだよ」

「もの好きね」

間髪入れずに椿がつっこむ。相変わらず彼女は、思ったことをそのまま口にする。しかし、椿は軽く俯くと、小声で続きの言葉を口にする。

「でも、おだんごを食べるなんてとても久しぶりよ。なかなかおいしいわ」

「そっか。よかった」

麻理はほっとして自分もだんごを食べ終える。迷惑だと思われたならすぐに帰ろうと思っていたので、椿が喜んでくれたのが嬉しかったのだ。

「この辺り、昔はすごく栄えてたのよ。知ってる？」

椿の質問に、麻理は新しいだんごを渡しながら答えた。

「林業が盛んだったんでしょ？」

「そう。皆毎日働いて、お店も多くて、木彫りの工芸店もあってね、すごく、賑やかだった」

リビングから望む景色には、あのなにもない沼と、その奥にたたずむ山。林業は山の麓で行われていたのだろう。

「あたしはこの辺りの家をぐるぐるまわっていて、棲み飽きたら出ていくことを繰り返していたの。基本的にあたし、明るい家が好きなのよ。喧嘩の絶えない家はきらい。子供の笑い声が好き。大人の怒声はきらい」

そう言って、椿は新しいだんごをぱくっと頰張った。

「楽しそうな家で、いたずらするのが大好き。子供をからかって遊んだり、こっそり家のものを隠したり。皆が困ったり慌てたりする顔を見るのが好きで、時々、楽しませてくれたお礼に、ちょっとだけ人間が喜ぶことをしてあげるの」

ふふっと笑い声を立てて、椿は意地の悪い笑みを見せる。彼女は座敷童として、なかなかいい性格をしているようだ。

「そうしてあたしは、ここに来た。タクミは、十歳だった」

ぱく、と椿がだんごを食べる。麻理も黙って、だんごを口に入れた。

「タクミの両親は林業に関わる仕事をしていてね、毎日とても忙しそうだった。タクミはいつも家にひとり、おとなしく本を読んでいたから、つい、ちょっかいをかけちゃった」

椿はずっとそのタクミという少年の成長を見守っていたのだと言う。時々いたずらをして、からかいながら。

「……タクミはね、大人になっても、あたしが見えていた。あたしみたいな妖怪って、よほど純粋な心を持っていないと見えないんだけど、タクミはすごく、素直で可愛かった」

だんごを食べながら椿は目をつむる。もしかしたら、ありし日を思い出しているのかもしれない。タクミと遊んだ、とても楽しかった日々を。

「タクミは建築士になったけれど、仕事はなかなかうまくいかなくて……。日に日に落ち込んでいくタクミを見たくなくて、あたしは願ったわ。タクミのお仕事がうまくいきますようにって。そうしたらね、海外から仕事が舞い込んだのよ。それを足がかりに、タクミは建築の仕事で成功したの」

「へえ、凄いね。椿ちゃんが願うだけで、そのタクミくんは幸運を手に入れたってこと？」

麻理が驚いて目を丸くすると、椿は得意げに「ふふん」と笑った。

「座敷童は家の繁栄と衰退を操る妖怪よ。人間によっては家の守り神と奉ったりもするわ。まあ、私はあの頃、いっぱい力を持っていたから、それくらいはできたってことね」

つまり、今はそこまでの力は持っていないということだ。こんな風に勝ち気に振る舞っているが、妖怪としての現状は河野達とそう変わらないのだろう。椿も妖怪としての力を失いつつあると察して、麻理の心は切なくなる。

「でも、あたしの力でも、家族の不和だけはどうにもできなかった。タクミの両親はいつの間にか仲違《なかたが》いしていて、家族は離散することになったのよ」

二本目のだんごを食べ終えた椿が、ぽつりと呟く。思わず麻理は「えっ」と問い返してしまった。

「この家も売り払われることになってしまった。そのとき、タクミは自分でこの土地と家を買い取ったの。そして私に言ったわ。アメリカでの仕事が片づいたら必ずここに帰ってくる。何年かけてでも、絶対に帰ってくるから、待っていてってね」

遠い目をして、椿は呟く。そして麻理に顔を向け、フフンと笑った。

「なかなかロマンティックな話でしょ」

「そ、そうだね」

「タクミは、大人になってもあたしを見てくれていた。あたしのために、この家を買い取ってくれた。……そんな人間が、約束をやぶると思う？」

十年。それは妖怪にとって、さほど長い時間ではない。しかし『誰かを待つ』という時間感覚は、人間も妖怪も変わらないのかもしれない。

十年は、長いのだ。

しかし椿は待ち続けていた。

純粋で、大人になっても目が曇らなかった、少年の心を持つ男。家族が離散しても、彼はこの家だけは守り切った。

それはただ、この家に椿がいたから。

もしかしたら、椿はタクミという人間を好きになったのかもしれない。雪乃は恋多き雪女だったようだし、化け狸の左近だって、人間の女性と結婚した。妖怪は、時に人間に恋をする。

彼女はもう決めているのだ。この先何十年と経とうとも、ずっとタクミという男を待ち続けようと。

だんごを全て食べ終わり、麻理はだんごの串を片づける。すると、ふいに椿が聞いてきた。

「あんたさ、またここに来るつもりなの？」

「……うーん。椿ちゃんが迷惑なら、もう来ないけど」

「迷惑なんてひと言も言ってないわよ」

ツンとした様子で椿が言う。

その態度に少しだけ親しみを感じた麻理は、くすりと笑った。

「じゃあ、また来週。お休みの日に来ようかな」

「本当にもの好きね。私をあなたの家に棲みつかせて、幸運をもらおうと画策しているなら、先に残念って言っておくわよ。……私にはもう、そんな力はないの」

「そんなのわかってるよ」

麻理が答えると、椿は驚いたように目を丸くした。

「……どうして、知っているの？」

「私が今まで出会ってきた妖怪が皆そうだったからね。私は別に、椿ちゃんの力が欲しいわけじゃないよ。ただ、ちょっと……話し相手になりたいなって思っただけなの」

そのとき、椿の表情が変わった。それは一瞬のものだったが、まるで迷子の子供が今にも泣き出しそうな顔だった。

しかし彼女はすぐに表情を改める。フンッと鼻を鳴らして「なにそれ」と馬鹿にしたように言った。

「変なヤツ。まあいいわよ、暇だし。好きにしたら」

「うん」

麻理はひとつ頷き、立ち上がる。そろそろ帰らなければ、四時間に一本しかないバスが行ってしまう。

「そういえば、椿ちゃん。この辺りの住民が一斉にお腹を壊したことがあったんだけど、それについてなにか知ってる？」

ごみをリュックに入れながら、ふと、問いかけてみる。顧客のひとりが『腹痛は座敷童の祟りだ』と言っていたのを思い出したのだ。

だが、椿は初耳だったようで、首を傾げる。

「なにそれ。そんなことがあったの？　あたしは普段、この家にいるか、沼のほうにいるかだから、住民にそんなことがあったなんて、知らなかったわ」

「そっか。それならいいんだ。気にしないで」

麻理はほんの少しほっとする。やっぱり椿と食中毒は関係なかったのだ。安心した麻理がリュックを背負って立ち上がると、後ろから声がした。

「ひとつ言い忘れていたけれど。どうせ手土産をくれるなら、もっと小豆をたくさん使ったのにしてちょうだい。それにあたしはこしあんより、つぶあん派なのよ。まあ、そのおだんごもおいしかったけどね」

鈴のような可愛い声で、わがままを言う。

麻理が振り向くと、そこには誰もいなかった。ふたりが座っていた場所は元どおりになっていて、薄汚れた泥と埃、そしてガラスの破片が散らばっていた。

つかの間の休日が終わった出勤日。麻理はさっそく河野に、椿と会ったときの話をした。

今日は麻理が運転役だ。目的の営業エリアに向かっていると、河野が助手席で腕を組む。

「なるほど。椿が待っていたのはタクミって名前なんだね」

「はい。家と土地を買って椿ちゃんと約束したんですから、さすがに反故《ほご》にするとは思えないんですよね。まあ、十年はたしかに待たせすぎだと思いますけど」

運転しながら麻理が言うと、河野は思い悩むように俯き、そしてフロントガラスから外の景色を眺めた。

「……僕も、タクミという建築士が、薄情でないことを祈っているよ。椿がそこまで信じているのだからね」

「そうですね」

麻理は頷く。やっぱり椿はタクミに恋をしていたのだろう。その淡い恋心は踏みにじらないでほしい。麻理の願うことはそれだけだった。

「それにしても驚いたよ。出会ってまだ二回目なのに、椿の事情を聞き出したなんてね。一体どんな話術を使ったの？」

次はからかうように、河野は明るい調子で聞いてくる。

麻理も笑って「たいしたことはしてないですよ」と答えた。

「どちらかといえば、椿ちゃんが自主的に話してくれたような気がしますね」

「……やっぱり、誰かに聞いてもらいたい気持ちがあったのかな」

河野が呟く。誰かに自分のことを知ってもらいたい。椿がそう思って麻理に話したのだとしたら、やはり彼女は、少なからず『寂しい』という気持ちを持っているのだろう。

待つという行為はつらいのだ。待たせるよりも、ずっと。

「そんなわけですので、小豆をたくさん使った手土産を教えてほしいんですよ。私、お赤飯しか思いつかなくて」

ハンドルを切りながら言うと、河野が「小豆か」と顎を撫でた。

「古来より、座敷童は小豆が好きだと聞いたことがある。あれは本当だったんだね。小豆は日本人にとてもなじむ食材なんだよ」

「……なじむ食材？」

首を傾げると、河野が助手席のシートに体を預けながら「うん」と頷く。

「日本という風土、そこに住む人々の体質に、小豆の効能はとても向いているんだ。湿度の高い気候で暮らす人々は、体の中に水分を溜めやすい。つまりむくみやすいということだね。小豆はそんな体質を補い、水分代謝を促してくれる。昔から日本の人々が、小豆を食べる風習を持っているのはそのせいだと言われているよ」

「へえ、全く効能なんて気にしないで食べてました。たしかに小豆はいろいろ使われていますよね。あんこにしておだんごにかけたり、おしるこにしたり……」

小豆を使った菓子は不思議と日本的だ。使うだけで和菓子になる。外国で、あんこを使った菓子を出すと驚かれたという話もある。豆を甘く煮るという風習がめずらしいのだとか。

「古い時代、毎月一日と十五日は小豆粥を食べる風習もあったくらいだ。定期的に小豆を摂取して体調を整えていたんだね。同時に赤色は邪気を払う効果があると言い伝えられている」

「邪気って、どういうことですか？」

「大昔の人間は、病や風邪は病魔と呼ばれる悪鬼や妖怪の仕業だと思っていたんだ。だから赤色の食べ物を口にして邪気を払っていた。これは理にかなっていて、小豆の効能で体に免疫力をつけていたんだね」

免疫という言葉もなく、食物の栄養素も知りようがなかった時代。それでも本能的によいものを感じたのか、人々は自然と体によい食べ物を選び摂取していた。

「小豆には胃腸の働きを整えたり、体の熱を冷ましたり、腫れ物を治す作用もある。さまざまな体への効果が望める素晴らしい薬膳料理、それが小豆を使った料理なんだ」

「うーん、全く知りませんでした」

赤信号の前で車を停め、麻理は感心して頷く。昔から座敷童は小豆が好きというのも、そんな効能に関係しそうだ。

「小豆を使った料理なら、そうだね。おはぎを持っていくといいんじゃない？　あれなら小豆がたっぷり使われているし、椿はきっと好きだと思うよ」

「おはぎですか。それはいいですね」

麻理は納得して頷く。おはぎなら持ち運びしやすくて、近くの和菓子店でも簡単に手に入る。次に行くときはそれを買っていこうと心に決めた。

「伊草さんは来週の休みも、椿のところにいくの？」

「はい、日曜日に。約束しましたから」

「……そっか、約束したなら、行かないとね」

河野が意味深に微笑む。彼も『約束』の大切さを知っているのだろう。

「くれぐれも気をつけて。椿は無害だと思うけど、どうもあの集落、僕は気になるんだ」

「それはもしかして、あの沼のことですか？」

動物や虫はおろか、植物すら生えていない、あの静かな沼。まるで死を思わせるような、なにもない沼。

河野は神妙な顔をして頷く。

「どうしても、無関係とは思えない。ただ、今すぐなにかが起こるってわけでもなさそうだから、当分は無視してくれていいけどね。というより、無視するべき案件だ」

真剣な表情で麻理を見つめ、彼は念を押す。

「いいかい。あの沼には近づいてはいけない。そして興味を持ってはいけない。他人ごととして無視しなければいけないよ」

「人間が興味を持ったら、その沼にいるモノが出てくる……からですか？」

前に河野が言っていたことだ。彼は「そういうこと」と言って頷く。

「今を生きる妖怪はね、そのほとんどが二種類に分かれている。人間に対して諦めている妖怪と、怒っている妖怪だ。もしあの沼に関わるモノが怒っていたら、興味を持ったとたん、動き出すかもしれない。だから気をつけるんだよ」

「……はい」

「本当は僕も一緒に行くべきなんだけど、個人的に調べたいことがあるからなあ」

困ったように河野が頬を掻く。調べたいこと……麻理は河野に問いかける。

「それは、あの家の持ち主についてですか？」

「そう。タクミという名前もわかったから、詳しく調べられそうだ。僕はどうしても安心したいんだろうな。その人間が、ちゃんとあの家に戻る意思があるのかどうか。……もし、椿のことを忘れて、違う土地で生きていたら……」

ふ、と河野の表情に陰が落ちる。麻理が不安そうに見つめると、彼は悲しそうに微笑んだ。

「今度こそ、ちゃんと言ってあげなきゃ。あんなところにひとりでいるのは、可哀想だからね」

「……そうですね」

麻理も頷く。たしかに、もうタクミは帰らないとわかってしまったら、彼女に言わなければならない。どんなに怒られても、なじられても、
そこにとどまるか。もしくは、違う家に棲みつくか。彼女は決めなければならないのだ。

でも、願わくば。

いつか『タクミ』があの家に帰ってきてほしい。

麻理はそう望まずにはいられなかった。


次の日曜日。麻理はさっそく出かける準備をはじめた。昔ながらの製法で作られたおはぎを和菓子店で買って、リュックに詰める。椿は喜んでくれるだろうか。それとも期待外れだとがっかりしてしまうだろうか。

今日はバスではなく、レンタカーで行くことにした。料金的には高くつくものの、タクシーを使うことを考えれば十分安い。

軽自動車を借りた麻理は、さっそく椿の棲む集落に車を走らせる。歩くのは苦ではないが、時間がかかるのが問題なのだ。車を使えば、たった一時間で集落の入り口にある公民館にたどりつく。

この辺りに住む人間にとって、いかに車が重要な移動手段か、わかるというものだ。

集落につくと麻理は公民館の駐車場に車を停めて、リュックを背負って歩き出す。

少し歩くと、すぐにあの沼が見えてきた。しかし、わざとらしく目を逸らし、沼を目に入れないようにする。

気になるけれど、無視しなければならない。関わる気のないものには、徹底して無関心を決め込まなければいけないのだ。それが妖怪との付き合いというものなのだから。

さく、と麻理の足が草を踏む。

山から吹く冷たい風は冬の匂いを運んで、少し冷たい。

麻理の目の前には、椿の棲みつく廃屋がたたずんでいた。前に訪れたときとひとつも変わらない。荒れた庭と、窓ガラスの割れたリビング。人の気配のしない、暗い家。

ピリリ、ピリリ。

ふいに麻理のポケットから音が鳴る。携帯電話を取り出して液晶画面を見ると、電話は河野からだった。

「はい、もしもし?」

「もしもし、伊草さん。あの、もう、椿のところに行った?」

「え、はい。今、家の目の前ですけど」

麻理が答えると、河野は言葉に詰まったように黙り込む。

嫌な予感がして、麻理は「河野さん?」と小声で問いかけた。

「あ……ごめんね。なんて言ったらいいかわからなくて。その、僕もこれから、そっちに行くよ。だから、椿にはまだ会わないでほしいんだ。僕から、話すから」

「待ってください。一体、なにがあったんですか?　なにかわかったんですか?」

おそるおそる麻理はたずねる。河野は電話口でため息をつき「絶対に椿に話さないでね」と念を押した。

そして彼は、ゆっくりとした口調で、タクミについての真実を話した。

河野との電話を終えると、麻理は力なく携帯電話をポケットにしまう。

そのとき、ザアッと風が吹いた。それは伸び切った雑草を揺らし、麻理の頬を撫で、虚空に向かって流れていく。

麻理は力なく顔を上げた。そこにあるのは静かにたたずむ廃屋。

……どうしよう。

麻理は一瞬だけ、悩んでしまった。たしかに、この真実は自分から口にしてはいけない。妖怪の事情は同じ妖怪にまかせるのが一番だ。

しかし今日、麻理は、椿と会う約束をしている。それはどうしたらいいのか。ここで帰るのは約束を破ることにならないか。

いったんあの公民館に戻って、河野と一緒にここに来れば、約束を破ることにはならないのかな。

とにかくここから離れたほうがいいのかもしれない。麻理はそう判断して、そっと引き返そうとした。

そのとき。

「麻理、どこへ行くの？」

すぐ後ろで聞こえる、鈴のような可愛い声。

麻理の足のつま先から頭の先までが、一気に震え上がった。

「ひゃわっ！　あ、……あ、椿、ちゃん」

振り返ると、そこにいたのは間違いなく座敷童の椿だった。いつもどおりの白い生地にツバキ柄の美しい着物姿。

「ね、麻理。来てくれてありがとう。あたし、麻理には教えておこうと思って、待っていたのよ」

「……待っていたの？」

思わず問い返してしまう。椿は麻理にそういうことを言う子ではないと思っていたのだ。

彼女が待つのはあくまで『タクミ』だ。麻理は単なる暇つぶしの相手にすぎない。

それに教えておきたいこととはなんだろう。

ニィ、と椿の赤い唇が弧を描く。それはとても邪悪で、まがまがしく、どこまでも悲しい笑顔。

椿はそんな笑顔を浮かべたまま、静かに言葉を口にした。

「あたし、聞いたの。タクミはね、外国で家を建てて、幸せに暮らしているんだって。あたしのことなんか忘れて、新しい家族と、仲よくしているんだって。もう、タクミの心の中に、あたしはいないの」

ふふ、うふふ。

椿は笑顔を浮かべて笑い出す。それは、待ち続けていた己があまりに愚かだったと笑っているようだった。

十年、愚直に待った。自分はなんて滑稽な座敷童だろうと。

しかし、麻理は首を横に振る。

それはおかしいのだ。タクミが外国に家を建てているはずがない。幸せに暮らしているはずがない。麻理はそのことを知っていた。なぜなら、ついさっき河野から聞いた真実は――。

「違う、違うよ、椿ちゃん」

思わず否定の言葉が口から零れる。河野に口止めされていたのに、これだけはどうしても訂正しなければならないと思ってしまった。

いや、考える前に、言葉が出ていた。

「タクミは、あなたを忘れたんじゃない。でも、もう、この家には帰ることができないの」

椿が笑顔のまま、不思議そうに首を傾げる。麻理も、そんな椿をまっすぐに見つめた。

「だって、タクミは、もう、死んでしまったから」

サアッと、山からの風が吹いた。

それは肌寒く、冬の匂いを運ぶもので、さらさらと伸びきった雑草を撫でていく。ぱたぱたと、椿の美しい振り袖が揺れ、赤いツバキが舞った。そして彼女の絹のような美しい黒髪もなびく。

椿の顔から、表情が消えた。

笑顔もなく、怒りもなく、まるで日本人形のような無表情。

「なに、言ってるの。タクミが死んだって、どういうことよ」

「タクミはアメリカで死んだの。交通事故で……それは、七年前のできごとなんだよ」

麻理が河野から聞いたこと。それは、とても悲しい現実だった。かつてこの場所に住んでいたタクミという人間は、アメリカで建築士としての才能を認められ、渡米した。アメリカで仕事を成功させれば、日本でも安定した仕事ができるはず。彼はいつか必ず帰ることを心に決めて、仕事をしていたらしい。

しかし、不幸は訪れた。それは因果なことに、仕事を成功させて日本に帰る直前のできごとだった。

突然の交通事故。

即死だった。

もの言わなくなった彼は無言の帰国をし、離散した家族——母親によってささやかに供養された。

それが七年前のことだ。

この廃屋は現在、所有権は母親に相続されているという。タクミは独身者で、他に相続人がいなかったのだ。

しかし土地の運用とはとても金がかかるもので、家を取り壊すにも金が必要だ。さらに、更地にすれば税金も高くなってしまう。結局、この集落にある他の廃屋と同様、放置されてしまった。

つまり、この廃屋にはもう、誰も帰ってこないということ。タクミも、そして、かつてここに住んでいた家族も。

「嘘……よ」

椿がぼんやりと呟いた。

表情こそ人形のように無であったが、彼女の心の中が荒れ狂っているのは、麻理にもわかる。

「嘘よ、嘘よ、嘘よ！」

叫びは悲鳴となり、椿は顔を覆った。顔を横に振ると、彼女の黒い髪がゆらゆらと揺れる。

麻理は、どんな言葉をかけていいかわからなかった。心の中では後悔の気持ちも渦巻く。

言わなければよかったかもしれない。河野にまかせるべきだったかもしれない。

でも、タクミは椿を忘れたわけではなかったのだ。

彼は日本に帰ろうとしていた。椿の待つこの家に。だけど、死というどうしようもない不幸のせいで、帰れなくなってしまった。

麻理は誤解したまま椿が傷つくのは見たくなかったのだ。それなら真実を知った上で傷つくのが、誠実な姿だと思ったのだ。

でも、そんな自分の選択は、はたして正解だったのだろうか。

目の前で慟哭する椿を見ていると、迷ってしまう。……私は、間違ってしまったのか。

余計な世話を焼いてしまったのか。

「タクミが死んだなんて、信じない。嘘よ!!」

パァン、と麻理の耳に破裂音が響いた。とたん、麻理の体が金縛りのようになって、動けなくなってしまう。

驚いた麻理が目を見開くと、目の前に佇む椿の様相が変わっていた。

真っ赤な反物に、黒いツバキ。目を真っ赤にして黒い涙を流し、風もないのに髪を揺らめかせている。

「麻理。あなたは、嘘をつかない人間だと思っていた。でもやっぱり駄目ね。人間は嘘つき。そんなのわかってた。タクミだってそう。みんな嘘つきよ。皆あたしを忘れていく。皆あたしを置いていく」

それは座敷童の本性。おぞましい妖怪が目の前にいた。体が固まって全く動けない麻理は、ただ椿を見つめる。

「ねえ、麻理。あたし、知っているのよ。ちゃんと、聞いたんだから」

「き、聞いた……って、誰、に?」

なんとか口は動くようだった。麻理は途切れ途切れに問い返す。

「あたしを守ってくれた仲間よ。遥河なんか足下にも及ばないほど、強い力を持った神様」

「……神、様……!?」

麻理が声を上げた瞬間、ふわりと麻理の足下に影が落ちた。

同時にバサリと音がする。金縛りの麻理は顔を上げることもできないが、それはゆっくりと麻理の目の前に舞い降りた。

それは、一羽の巨大なカラス。瞳が金色をした、普通のカラスの倍ほどの大きさをした——。見覚えのあるカラスだった。

間違いない。以前、麻理を見つめていたあのカラスだ。

バサッとカラスが黒い羽を広げる。瞬間、カラスを中心に風が舞い上がった。

黒い羽が広がる姿は、まるで黒い竜巻。やがて小さな嵐は静かに収まり、麻理の目の前に、ひとりの青年が現れる。

……いや、それは、青年と呼べるのか、どうか。

時代がかった白装束に、足の高い下駄。真っ白な長い髪を後ろに束ね、顔色はまるで朱色の墨を塗りたくったように、赤い。

人間離れした長い鼻。つり上がった金色の瞳。おそろしい牙の生えた口。

彼の背中に生えた黒い羽が、ばさりとはためく。

それはまるで、絵本から飛び出てきたみたいに、麻理の記憶するソレそのままの姿だった。

——天狗。

そう、麻理の目の前に現れた妖怪は、まさしく天狗だった。

「遥河が執心しているようだな、人間の娘よ」

「……遥河？　……河野さんのこと？」

「そう。あの朽ち果てた残りかす。あのまま塵のように消え失せると思いきや、そなたに出会ったことで持ち直してしまった。感謝していいものやら、余計なことをしたと怒るべきなのやら。悩ましいものだと、ずっとそなたを見ていた」

「私、を、見て、いた……!?」

やはり、あの視線は気のせいではなかったのだ。初めてあのカラスを見たとき、体中がぞくぞくとして、不思議な恐ろしさを感じたのを覚えている。

体の動かない麻理が天狗を睨んでいると、椿が隣に立つ彼に顔を向けた。

「ハガミ。麻理を知っているの？」

赤い瞳で、黒い涙を流したまま、椿が問いかける。ハガミと呼ばれた天狗は「然《しか》り」と頷いた。

「全てに諦め、無気力に世を漂っていた河童が、妙に積極的に人間と関わろうとしている。さらには、他の仲間にも紹介して、なにやら柄にもないことをしておる様子。ちと、気になってな」

「へえ……。まあ、麻理は一見善人だから、なにか夢見ちゃったのかもしれないわね。哀れな河童だわ」

くすくすと椿は笑って、天狗の白装束を摘まむ。目だけはぎらぎらと麻理を見つめていた。

麻理は必死になって体を動かそうとし、椿に訴える。

「ど、どうしたのよ、いきなり。先週に会ったときは、そんな椿ちゃんじゃなかった。人をすぐ疑うような椿ちゃんじゃなかった。どうして私の言うことを信じてくれないの。どうして？」

先週の椿は、口は悪かったが邪悪ではなかった。減らず口を叩きながらも麻理に己の事情を話し、次に会う約束をした。それは少なくとも、麻理が椿にとって信じるに足る人間だと思ったからではないのか。

しかし赤い目をした椿は、麻理をきつく睨みつける。

「あなたが悪いのよ。あなたが嘘をつくから」

「私は嘘なんか言ってない！　河野さんから聞いたんだから。タクミは、もう……」

「くどいわね！　タクミは死んでなんかいない。単に私を忘れた薄情者なの。だって、ハガミが言ったんだから!!」

椿が憎しみすら込めた瞳で麻理を見つめる。麻理は思わずハガミという天狗を見た。

こいつは。この妖怪は。隣に立つ椿に、嘘を。

「どう……して」

麻理の疑問は椿に対するものではない。その言葉は天狗に向けたものだ。

どうして嘘をついているの。

『タクミは、七年前に死んでいるんだ』

そう電話で口にした河野の口調は重く、暗く、たとえようもない悲しみでいっぱいになっていた。

あの河野が嘘をつくはずがない。いや、嘘をつく理由がない。

ではなぜ、この天狗はタクミが椿を忘れて幸せになっているなどと口にしたのだろう。

朱色の顔をした天狗は、麻理にニヤリと笑った。

「そなたには、わかるまい」

「なに……を」

「我らの気持ちが。我らの悔しさが。我らの憎しみが。人間のそなたにわかるはずがない。そも、人間と妖怪がわかりあおうなどとすることが詮無《せんな》きこと。椿はな、人間に関わりすぎた。ゆえに人間を信じすぎた。だから我は教えてやったのだ。人間など信じるに値しないと。現実を、教えてやったのだ」

麻理は目を大きく見開く。この天狗は、人間を信じようとしていた椿に嘘を教えることで、人間への信頼を失墜させたのだ。

どうしてそんなことをするのか。それがこの天狗の憎しみの形なのだろうか。

そのとき、天狗はばさりと大きく黒い羽を鳴らせた。

「我が名はハガミ。かつては平安を守りし、古き山の神。今は神の座より堕とされ、人間どもには天狗と呼ばれている。……天の狗《いぬ》。まこと腹立たしい渾名《あだ》よ。我はかつて、天そのものであったのだからな」

ふっとハガミは自嘲的に笑った。

山の神。つまり、あの蛇の姿をしたアラヤマツミと同じ存在だったのだ。向こうはまだ神の座にいるが、この天狗はすでに神ではなくなっている。妖怪へとその身を堕とされた存在。

そういえば、アラヤマツミは言っていた。信仰を失った神は妖怪に堕とされることがあると。そして人間への恨みが募ると、やがて祟りという名の悪しき現象へと変貌するのだと。

ならばこのハガミは、相当人間を恨んでいるに違いない。

「でも、だからと言って……」

麻理が呟く。金縛りで体が動かないまま、拳を強く握りしめた。

人々から祀られなくなった神が、人間を憎む気持ちはわからないでもない。でもそれを椿に強いる権利など、どこにもない。椿は純粋だった。まっすぐに人間との約束を守り続ける、優しい妖怪だった。

なのにたったひとつの嘘で、こんなにも変貌してしまった。

赤く染まってしまった椿。その姿を見るだけで、どれだけタクミというひとりの人間を慕っていたか、わかる。その気持ちを粉々に打ち砕いたのはハガミだ。

麻理はキッとハガミを睨みつける。

「どうして椿ちゃんを巻き込んだの！　彼女は待ってた。ただ、ひたすら約束を大切にしていただけだった。なのに彼女に嘘をついて、椿ちゃんの信じる気持ちを傷つけて。人間を恨むのはわかるよ。でもあなたのやったことはおかしいよ！」

お腹に力を入れて、ハガミに訴える。本能ではたしかに恐怖を感じていたが、それよりも麻理は許せなかった。

「あなたは嘘をつくことで自分が人間を憎む気持ちを椿ちゃんに押しつけてる。それは彼女を自分と同じにしたいからじゃないの？　ひとりが寂しいから。ひとりぼっちが嫌だから。同じところに堕とそうとしているように見えるよ。そんなの、間違ってる！」

麻理の言葉に、椿は動揺したようだった。「え……」と呟き、麻理とハガミを交互に見る。

「どういうこと？　あ、あんた達、なにを、話しているの」

「椿ちゃん。騙されちゃ駄目だよ。この天狗は――」

「椿。この人間のさえずりに耳を貸してはならぬ。人間がどれほど簡単に嘘をつくか、そなたはもう思い知ったであろう。タクミに捨てられ、集落からは人間が減り、己の存在すら忘れられ……そなたが消えかけたとき、手をさしのべたのは誰だ？　助けたのは、誰だ？」

椿の赤い目が大きく見開く。

その視線はあきらかに、目の前の天狗に向けられていた。彼女は座敷童としての存在が消滅しようとしたとき、ハガミに助けられたのだ。

だから椿はハガミを信じる。そう、擦り込まれてしまった。

椿の信じる心を、ハガミは利用したのだ。

「椿ちゃん。たしかにもう、タクミはいないよ。彼は死んでしまったから。だけど椿ちゃんはひとりぼっちにはならない。ひとりぼっちにさせない！」

動かない体で、しびれる体で。麻理は必死になって椿に言う。

自分の心が届いてほしいと、切に願う。

だってこんなの嫌だ。誤解されて、嘘を信じ込まされて、人間を恨んで堕ちるなんて、あまりに可哀想だ。

それなら、無力でも自分にできることを思いついたのなら、それをやる。

麻理はいつも、体当たりでしか人と関われなかった。それは妖怪が相手でも同じだ。

自分の言葉をまっすぐに相手に伝えることだけ。変化球は投げられない。いつも直球。きらわれても、直球でしか関われない。

「私のところにおいで。私の家、アパートだし、あんまり綺麗でもないけど、でもひとりにはならないよ。お給料もそんなにもらってないから、いい暮らしができるとは約束できないけど、あなたをひとりにはしない。それだけは、約束できるから！」

「……麻理……」

椿が目を見開いて、驚いたように麻理を見つめる。そんな彼女の姿が一瞬ぶれ、赤く染まった瞳がいつもの緑がかった黒に戻った。

スッと引いて消えていく、黒い涙。

赤い反物も、まるで上から絵の具をかけたみたいに、するすると白く染まっていく。

だが、そのとき。麻理の顔を大きな手が覆った。それはハガミの手だった。

「まださえずるか。人間はすぐに裏切る。忘れる。罪のない顔をして我らを殺す！　我は待った。約束を信じて待っていたのだ。しかし、それは荒唐な信頼だった。奴らは結局、都合よく頼り、必要なくなれば塵芥《じんかい》も同然にするのだ。そんな種族など、存在する価値もない。人間は害悪なのだ！」

ぐっと麻理の体が持ち上がった。

そして、ぐらりと体が揺れる。

「消えろ。そなたの光は、目に毒だ」

一瞬、なにが起こったのか理解できなかった。

しかし麻理はすぐに理解する。自分の体は、まるでおもちゃの人形のように、軽々と放り投げられたのだ。

そして体はまっすぐに、どぷんと大きな音を立てて、沼の中に落とされる。

ごぼごぼ、ごぼごぼ。

口から泡とともに酸素が出ていき、急激に息苦しさが増してゆく。体はまだ金縛りが継続していて、全く動くことができない。まるで足に重しがついているかのように、その体は水底に向かって沈んでいった。

死ぬかもしれない。麻理は生まれて初めて己の死を意識した。

こういうとき、頭の中に過去の思い出が走馬燈のように走ると言われているが、麻理には全くよみがえってこなかった。ただ、頭を占めるものはひとつだけだった。

それは『心配』。

椿が心配だった。彼女はこれからどうなるのだろう。彼女にはこれからも、可愛くて生意気な座敷童として生きていてほしい。

彼女に、なにかしてあげたかった。

……でも、なにもできなかった。

悔しくて、歯がゆくて。無力な自分が許せなくて。

ごめんね。麻理がそう心の中で謝りながら目を閉じた。

そのとき、なにか大きなものが落ちるような水音が遠くで聞こえた。次に聞こえるのは、ざぱんざぱんと、静かだった沼に波打つ、まるで大きな魚が跳ねているような音。

それは瞬く間に近づいて、麻理は自分の周りに大きな水流がうねるのを感じた。

水の中、気を失いそうになりながらも力をふりしぼって、麻理は薄く目を開いた。

目の前にいたのは――。

「龍……？」

まるで物語から飛び出してきたかのような龍が、麻理の目の前にいた。

十メートルはありそうな細長い蛇みたいな体は大きく、胴まわりは麻理の腰まわりほどもあるだろう。顔はワニのように恐ろしく、その口には凶悪そうな牙が並び、頭には木の枝のような型の双角があった。見れば見るほど恐怖をあおる見た目をしている。瞳は深い緑がかった黒で、そこだけがやけに優しく感じた。

いや、この目は、見たことがある。

いつもそばにいた目だ。麻理の知っている瞳だ。

「……かわ……の、さん……？」

ごぼごぼと口から空気を出しながら、麻理が呟く。龍は麻理を包み込むようにとぐろを巻き、ギュンと一気に水面へ向かった。

ザバア、と水辺に投げ出される。麻理は何度か咳をして水を吐き出し、ようやく息を吸い込んだ。たっぷりと何度も酸素を取り込み、肺を膨らませる。

「はぁ、はぁ……っ」

「伊草さん大丈夫？　大丈夫だね。よかった……！」

麻理の背中が何度もさすられる。横を見れば、そこにいたのは河野だった。彼はスーツのジャケットを脱いだ状態で、スラックスとワイシャツがずぶ濡れになっている。

「河野さん……私、龍が。河野さんが、龍に」

「龍って……なんのこと？」

河野は沼のそばに置いていた中折れ帽を手に取ると、それを頭にかぶり、麻理の手を握って立ち上がらせてくれる。麻理の金縛りはいつの間にか解けていた。次は横から、大丈夫？　と声が聞こえて、麻理がそちらを向くと、そこには朋代がいた。

「と、朋代さん？」

「麻理ちゃん、災難だったね。ひととおりの事情は河野さんから聞いたよ。あの天狗が、一連の食中毒を引き起こしている元凶だったってこともね」

「……え、しょ、食中毒？」

初耳だ。麻理が目を見開いて驚くと、目の前では異様な光景が繰り広げられていた。

「ちょっ、これ、なっ、どういう状況!?」

ずぶ濡れなのも忘れて、麻理はあわあわと慌て出す。廃屋の庭で、天狗と巨大なニシキヘビがとっ組み合いをしていたのだ。

「なにあの蛇！　でかっ、なに!?」

「おちついて麻理ちゃん。あれはマツミ君だよ」

「マツミ君……って、山神様⁉」

素っ頓狂な声を上げてしまう。あの細長い紐みたいな蛇が、ニシキヘビを倍にしたような大きさの巨大蛇になっているのだ。驚かないほうがおかしい。

「それにしても、食中毒ってどういうことなんですか？」

「うん。実はね、雪乃さんが突き止めたんだ」

雪女の雪乃。彼女が？　麻理が疑問に思っていると、河野が説明してくれた。

「一連の食中毒の原因がずっと不明なままなのは変だって、ラジオ局で話題になっていたんだよ。それで、雪乃さんは妖怪の仕業じゃないかと疑って、知り合いの妖怪に片っ端から連絡したんだ。そして、集団食中毒が起きた全ての場所で金目のカラスを見たという複数の情報を手に入れた」

まさしく、麻理も見たあれだ。麻理の他にも目撃者がいたのだ。

「カラスと聞いて、雪乃さんが最初に思いついたのは、天狗だった。そのことを僕が耳にして、思い出したんだ。ここの、沼をね」

この集落に営業に来てから、気になっていた沼。生き物の気配のない、奇妙なほどに静寂を保つ、死の沼。

「つまりこの沼が、天狗の棲処だったということですか？」

「そう。天狗は本来、山に棲む妖怪だ。おそらく人間によって山を追い出され、仕方なくこの沼に棲みついたんだろう。この沼の水質は異常なほど清らかだ。なのにここになにもいないのは、生き物が天狗を恐れて逃げていたからなんだよ」

鳥や魚。虫や植物までも。この世に存在する生命そのものが、天狗を恐れた。

「多くの人間を一度に苦しめる行為なんて、力のある妖怪でないとできない。だから雪乃さんは、天狗が諸悪の根源だと確信したんだ。天狗には人間をきらう者が多いし、その上、彼は元々、西の山を守る神だった。人間を憎んでいても、おかしくない」

おそらくは、アラヤマツミと同じように、人々に忘れられ、祀られなくなって、やがて棲処さえ追われてしまった、居場所がなくなった神なのだろう。アラヤマツミは気質も穏やかだった上、朋代との出会いもあり、なんとか神として存在し続けることができた。

だが、ハガミは違った。

悔しかったに違いない。人間を恨んだに違いない。

だが、それでも。これは、間違っているのではないか。

麻理はハガミを睨みつける。彼はアラヤマツミに巻きつかれ、力尽くで引きはがそうとしていた。

人間を憎んでもしょうがないと思う。でも、一連の食中毒がハガミの復讐なら、それは間違っているのではないかと麻理は思った。

「たしかに人間は彼にひどいことをしました。私の先祖かもしれない。本当に申しわけなく思います。でも、食中毒になった人達は彼を祀らなくなった人間じゃない」

「そうだね。……うん、伊草さんの言うとおりだ」

ぽん、と背中を叩かれる。顔を上げれば、河野が穏やかに微笑んでいた。

「人間に罪があるんじゃない。妖怪が可哀想なんじゃない。ただ、時代が流れているだけなんだ。神や妖怪が忘れられる。今はそういう時代になってしまっただけ」

河野は少し寂しそうに笑った。それは時折見る、全てを諦めたような切ない顔。

そういうことを言わせたかったのではない。麻理が慌てて口を出そうとすると、河野の人差し指が、麻理の唇に触れた。

「でも、それでも、僕達を忘れない人達もいる。君みたいに、理解しようと努力してくれる人間もいる。僕はなによりそれが嬉しいんだ。……君のその気持ちが、椿の気持ちも動かしたんだからね」

「え……？」

麻理が不思議そうに首を傾げる。すると河野がゆるりと顔を廃屋に向けた。
ハガミとアラヤマツミのもつれ合いにばかり目が行っていたが、庭ではなく玄関側。
窓ガラスの割れたリビングの前には、椿がいた。
そして、彼女の目の前に立つ、見慣れない男。
椿の姿は元に戻っている。着物の色も、白地に赤いツバキという姿だ。そして彼女は、
信じられないという顔をして、男の前から一歩、二歩、と下がる。
「……タクミ……どうして……」
椿が口にした名を聞いて、麻理の目が丸くなる。タクミ。その名は——麻理が思わず
河野を見ると、彼はシッと人差し指を自分の唇に当てた。
どうやらおとなしく話を聞いておけということらしい。
椿の前に立つ男は、とてもおとなしそうで、優しい目をした青年だった。
彼は儚い笑顔を向けて「椿」と名を呼ぶ。
「ごめんね、椿。ここに帰ってくるのが、遅くなってしまった」
「どうして？　だって、ハガミが。あなたは帰ってこないって、私のことなんか忘れて
るって言ったのに。それに、麻理が」
「うん。君にはちゃんと、真実を伝えるよ。僕はね、七年前に死んだんだ。君にそのこ

とを伝えるために、遥河君の力を借りて少しだけ戻ってきた。だからすぐに戻らないといけない。……黄泉《よみ》の世界にね」

ざぁっと風が吹く。椿とタクミの髪が、静かにさやさやと揺れる。

「ごめんね。そばにいてあげられなくて」

「タクミ……っ！」

「僕はあのとき、七年前。死ぬ間際まで、君のことを考えていたよ。ひとりにさせたくないって。君があの家で待っているんだって。約束したのに……」

さらさらと、椿の着物の裾がなびく。彼女の瞳から、透明の涙が流れていく。

「椿。僕はもう行かなくちゃいけないけれど。次は僕が君を待っているからね。いつかきっと、僕に会いにきて」

タクミの手が動く。そっと椿の白い手を握りしめる。

「君が長い長い寿命を終えて、黄泉の世界へ来るときがきたら、僕が一番に出迎えてあげるよ。もうひとりにしない。……あの世で、ずっと一緒に過ごそう」

タクミの体がすうっと薄まっていく。帰るときが近づいているのだろうか。椿が慌てたように「タクミ！」と声を上げた。

「椿。この家で過ごした日々を、僕は忘れない。不仲な両親と、会話のない冷たい家の中で、君という存在は僕にとっての救いだった。君は僕の初恋で、大切な……女の子だったよ」

タクミはゆっくりと椿の手を持ち上げ、その手の甲に口づけを落とし、なにかを渡した。その瞬間、大きな風の音とともに、彼の姿は虚空に消えた。

ただひとつ残ったのは、椿の手に握られていた、一本のかんざし。

「……それは、黄泉のタクミから預かった品だよ。どうしても君にあげたいって、俺に渡してきたんだ」

廃屋の影からひょこりと顔を出す男。それは、化け狸の左近だった。

「タクミはずっと俺に言っていたよ。椿を忘れたことなんて一度もない。帰りたかった。死にたくなかった。椿の待つ、あの家に帰りたかったってね」

彼がそう口にしたとたん、椿は泣き声を上げて膝をついた。かんざしを両手に握りしめて、タクミの名を呼び続ける。

寂しげな集落。朽ち果てた廃屋の前で、椿は静かに泣き続ける。

そんな彼女にかける言葉が思いつかず、麻理がただ見つめていると、庭のほうで「ようやく終わったか」とアラヤマツミの声が聞こえた。

振り向くと、大型のニシキヘビ——アラヤマツミが、するするとハガミから離れている。やがて、元の細い紐サイズの黒蛇に戻った。

「いや、肩が凝ったわ。慣れぬことをするものではないのう。朋代や、あとでまっさーじを所望するぞ」

「その蛇姿のどこが肩で、どのへんが凝ったのが、すっごい気になるけど、あえてつっこまないからね」

朋代が草むらでにょろにょろと動くアラヤマツミをヒョイと持ち上げ、マフラーのようにくるくると首に巻いた。どうやら移動時におけるアラヤマツミの定位置はそこらしい。

ハガミは煩わしそうに黒い羽をバサリとはためかせた。そして「フン」と機嫌悪そうに鼻を鳴らす。

「相模国の山神がなにをするのかと思えば、単なる時間稼ぎだったのか。神が妖怪風情を助けるなど。おぬしも堕ちたものだな」

牙をむき出しにして、赤い顔をした天狗が金の瞳でアラヤマツミを睨みつける。しかし蛇の姿をした彼はひょろひょろと首を動かし、金の瞳をゆるく細めた。

「我は古来より、慈愛と優しさで溢れる懐深いはーとふる神であるからのう。人間であろうが妖怪であろうが、等しく見守るのが我の生きがいじゃ。……それに、椿殿はおぬしの色に染まるには、やや魂が美しすぎる。我は美しいものを愛でるのも、好きなのじゃ」

しゅるりと細長い舌を出し、山神は余裕たっぷりに笑う。

「美しき宝石が曇り、輝きを失うのは見とうない。我が守ったのは、そういうものなのじゃ」

「……くだらない」

天狗が舌打ちをする。そして彼は大きく黒い翼をはためかせ、居丈高に腕を組んだ。

「そうだ。我は、そこの座敷童を『祟り』にするつもりだった。長年待たせたあげく、待ち人が座敷童を忘れたとうそぶくことで、人間を憎ませようとしたのだ。本当は死んでいたと知れれば嘆くだけで祟りにはならぬからな」

あの、まるで全ての色が反転したような、まがまがしい椿の姿。あれは人を憎み、人を恨んだ椿の心だ。その感情が彼女の体から溢れ出たとき、祟りという現象に変貌して、多くの人間を苦しめるのだろう。

当の椿は、かんざしを胸に抱きながら、呆然とハガミを見ていた。

「神も妖怪も、ひとたび祟りとなれば、もはや姿は保てない。厄災という名の現象になってしまうのだからな。……こやつはな、椿殿を消滅より救ったときから、祟りにすることを決めておったのだ。結末はすこぅし、予想外だったかもしれんがな」

アラヤマツミが含み笑いをする。ハガミは麻理を悔しげに睨みつけ、「うるさい」と呟く。

「そこにいる世話焼きの人間さえいなければ、全てがうまくいったのだ」

「いや、これは運命であるぞ。おぬしの計画は、最初から失敗する定めであったのだ。人間を苦しめたところで、おぬしが神の座に戻れるはずもない。おぬしは今、全く意味のないことをしていると、運命が気づかせようとしたのだ」

「意味のない……こと、だと……!?」

ぎり、とハガミが歯ぎしりをする。そして彼は、全ての感情をぶちまけるように大声を上げた。

「なぜだ！　人間を苦しめてなにが悪い。この世界の支配者も同然だと振る舞う愚かな生き物。ヤツらほど自分勝手な生物はいない。都合のよいときだけ神頼みして、必要なくなれば、存在していることすら忘れる。己らの勝手な都合で我の山を崩し、我はこんな鄙《ひな》びた沼で生きるしかなくなった。我の怒りは山の怒りだ。神の裁きも同然。人間はもっと苦しまねばならぬ！」

バッとハガミの黒い羽がはばたいた。次の瞬間、すさまじい風が麻理達に襲いかかる。思わず吹っ飛びそうになってしまうが、河野が麻理の背中を片手で支えたとたん、不思議と彼女の体は安定した。

「アラヤマツミよ。そなたはどうして怒らぬのだ。そなたもまた、山を失い、人の信仰心を失い、かつて手にしていた力を全て失った神のなれの果てではないか。全て、人間の勝手に振りまわされた結果だ。……それに、貴様もだ。河童！」

赤い顔。憤怒の表情をして、ハガミが顔を向ける。その視線の先にいたのは、麻理の隣にいる河野だった。

「貴様は、格こそ違うが、我と同じだ。かつては常陸国から相模国に流れる川を守りし水神であったはず。……だが、人間によって川は土塊で埋められ、今や川の跡すら残らぬ有様。水神の名も完全に忘れられ、貴様は河童という妖怪に堕ちた。力はすでに皆無。頭に皿を乗せた、滑稽で愚鈍な姿を、人間は笑い馬鹿にした！」

河野を指さし、ハガミは言う。怒りに体を震わせながら。金の瞳から黒い涙を流しながら。

麻理はハッとして隣に立つ河野を見上げる。

彼は麻理の背中を支えながら、中折れ帽を手で抑えつつ、静かに天狗を見つめていた。

確かに、麻理は見たのだ。沼の中、溺れて苦しんでいるところに、助けに来たもの。

それは間違いなく龍だった。

もしかして、あの姿が、かつて水神であった頃の河童——河野遥河なのだろうか。

そう考えると麻理の心はすとんと納得できた。

河野が自分を『残りかす』だと言っていたこと。かつて人間を憎み、悪さばかりしていたこと。そしてアラヤマツミと河野が交わしていた意味ありげな視線。

河野は神から堕ちた妖怪だったのだ。

唯一彼に残ったのは、薬草の知識だけ。

麻理は河野の手を取る。

河野は、天狗に正体を口にされても、全く動揺した様子はなく、ただ静寂を保っている。

「我はな、山がなくなるとき、本来は新たな社を用意されるはずだった。だから守るべき山を失っても、人々が我という神に感謝し、祀り続けるなら、これも時代だと受け入れるつもりだった」

しかし、とハガミは続ける。怒りに拳を握りしめながら。

「人間は約束を反故にした。社は建てられなかった。祀られなくなって放置された我は力を失い、かすのような存在に墜とされ、悔しいと思う気持ちが我の姿を天狗に変えた。この屈辱、貴様にも覚えがあろう。河童!!」

麻理は一瞬、河野はあの表情を浮かべているのではないかと思った。

全てに諦めた、無関心で儚い笑顔。いつか人々に忘れられて消え去ることを待つ、朽ちたなれの果ての顔。

彼女はおそるおそると、顔を上げた。そして中折れ帽の影になっている彼の顔をうかがい見る。

河野は——微笑んでいた。

しかしそれは、麻理の思っていた類の悲しい笑顔ではない。河野の笑みは、まるでなにかを吹っ切ったような、優しい笑顔。

自分のうちに秘める全てのものを受け止め、そして、これが自分なのだと言っているような表情。

彼は麻理と目を合わせると、ひとつ頷いた。

「そう。僕は遠い遠い昔、水神として祀られていた。だけど、雨が降るたび氾濫する川だったから、人間は川を埋めてしまった。……僕は棲むところと、人間の信仰心を同時に失った。なにせ、川の氾濫を止められなかった神だからね。人間の役に立たない神は、忘れられてしまうんだ。……道理だね」

ぎゅ、と河野が麻理の手を握る。

たしかに、河野の言うことは道理かもしれない。氾濫が起きないようにと神を祀っていたのに水害は止まらなかった。ゆえに人間は物理的に川に対処した。それはただ、安全を確保するために。

そして、願いを聞き届けなかった神など、誰も祀らない。祀る意味がない。

だから水神は人々から忘れられた。覚えている必要が、ないから。

「かつてはそのことを恨んだりもしたけれど、もう、僕にはそんな気持ちはない。そして僕は、この世界に生まれた以上、生き続けるしかない。……この存在が、滅びるまでね」

彼が口にしたことは、とても寂しくつらい現実だ。しかし麻理は悲しいとは思わなかった。

なぜなら河野が、とても明るい笑顔を浮かべているから。

「大丈夫だよ、伊草さん。これでも僕は、それなりにこの世を楽しんでいる。君と仲よくなって、その気持ちがもっと強くなった。妖怪らしいところが頭の皿しかなくて、不思議な力も使えなくて、薬草の知識しかない河童だけど、僕は、君にだけは河童なんだと、胸を張って言えるから」

だから、僕は、寂しくない。

河野はまっすぐに麻理を見つめて、自分の心を口にする。

麻理の心に嬉しさのような温かさが溢れてきて、彼女は大きく頷いた。最初に見たときは直視できないと思っていた頭の皿だって、今は立派な彼の個性に見える。

麻理と河野が見つめ合っていると、ふいに庭の奥から「解《げ》せぬ」と低い唸り声が聞こえた。

見ればハガミが、呆れたように肩を落とし、河野と麻理に視線を向けている。

「なぜだ。なぜ、貴様らは人間と心通わせることなどできる。悔しくないのか、歯がゆくないのか。そこの山神も、化け狸も、なぜ人間などという自分勝手な生き物に、そこまでの慈悲をくれてやれるのだ」

「慈悲ではない。人間はただ、我にとって隣人であるだけじゃ。隣人と仲よくなって、なにが悪い？」

答えたのはアラヤマツミだ。天狗はただ、静かに蛇の姿をした神を見つめる。

「人間の心によって生まれた我らは、人間の心に左右される存在じゃ。人心を集めれば力が強まり、忘れられたら消えていく。我らは、人間がいなければ、生まれることもなかった存在じゃ」

「……ゆえに、人間に感謝せよ、と？」

苦虫をかみつぶしたような顔をして、ハガミが呟く。するとアラヤマツミは「はっはっ」と笑った。

「まさか。感謝などせぬよ。我は自我を持ったときから神。神にしてくれてありがとうなどと抜かす神がどこにおる。我は力こそ失っても山の神である。棲処が山でなく、今時女子に人気あるめぞねっと住宅であろうとも、寝床が木造の社でなくふかふかのらぶそふぁであろうともな」

なかなかに現代社会を楽しんでいるアラヤマツミは悠々と首をまわした。その隣で、朋代は非常に複雑そうな表情をしている。

「神はどこまでも人間の頭上にいるものだ。今の言葉に合わせれば『上から目線』というものだ。ならば我は、上から目線で人間を見守り続ける。それが神の矜持《きょうじ》だ。逆恨みなど、まるで人間のようではないか。そんなみみっちいことはせぬ」

フフンとアラヤマツミは、得意気にしゅろしゅろと細い舌を出した。ハガミはむきになったように「違う！」と詰め寄る。

「これは逆恨みではない。神の怒りだ。神が自分勝手な人間の行為に怒り、祟りとして罰を与える。古来より当然のように行われてきた、厄災だ！」

ハガミが吠えた。自分の行いは正義であると。神を忘れた人間が悪いのだと。

しかしアラヤマツミは動じない。それどころかにんまりと笑うように、金の瞳を細める。

「神の怒りときたか。たった数十人の人間の腹を壊すことが？　やけに小さいのだな。おぬしの『神の怒り』は」

挑発するようなアラヤマツミの言葉に、ハガミは赤い顔をさらに赤くさせる。

「そ、それは……っ！」

「自分でももの足りぬと思っていたのであろう。だからこそ、飼い続けていた座敷童を祟りにしようと動いたのじゃ。……つまり、おぬしにはその程度の力しかない。今やしがない天狗だ。おぬしはもう、神ではない」

ぐっとハガミの言葉が詰まる。なにも反論できない。現実に彼の持つ力は、近くにいる人間の体に悪さする程度の力しかなかった。

一連の食中毒問題。あちこちで体の不調を訴えた人間達。しかし逆に言えば、それくらいの被害だった。死人も出なかったし、重症者も回復に向かっている。

「天地をひっくり返す業も、この地に住む人間全てを病にすることもできない。……のう、ハガミや。むなしいとは思わんか。そんな程度の力を振るうしかできない己が、さもしいとは思わんか」

静かな山神の言葉に、それでもハガミは悔しげに歯ぎしりをする。ばさりと黒い羽をはためかせ、拳を固く握りしめた。

「それでも我は、許したくない！　ずっと人間を恨み続け、この沼で力を蓄えていたのだ。気が遠くなるほど長い間、沼でくすぶり、ようやく力を振るえた。……それが逆恨み程度の力だったとしても……なにかせねば、気が済まないのだ！」

「ならば、我とともに人間の世界を見守ろうではないか。人間を愛し、人間を助けよなどと言うつもりはない。ただ、見守る。それだけでいい」

ザァッと風が吹く。

沼の静かな水面が揺れ、廃屋の庭で伸びきった雑草がさやさやと音を立て、アラヤマツミとハガミの間を流れていく。

「……見守って、どうするのだ」

「どうもせぬよ。ただの好奇心じゃ。我はなにもせぬよ。ひとときは人間より忘れられた神。我を祀らぬ者に、なにかを与えるほど善神ではない。自ら破滅に進むもよし、思いも寄らぬ進歩を遂げるもよし。好きに生きればいい」

冷たく人間を突き放したようなことを言いながら、アラヤマツミはくるくると首を動かし、金の目を細める。だが、不思議とその口調は、優しさの感情に包まれていた。

「我らは人間の願う心から生まれし存在だ。それならば、人間の歴史を最後まで見届けよう。なあに、きっとハガミも、ほどなくこの世の面白さに気づくであろうよ。なかなかどうして、この禍々《まがまが》しい時代。驚くことはあっても、飽きることはない」

くすくすと笑って、山神はぴこぴこと鎌首を揺らす。

朋代が「はあ」とため息をついた。

「そんなに祀ってほしいなら、マツミ君と一緒に祀ってあげるからさ。あんまり人間に怒らないであげてよ」

「そ……っ！　そういうあれではない！　別に祀ってほしいなどと！」

「あっ、私も！　私も、祀りますよ。妖怪を祀るって、ちょっとおかしな気分ですけど」

麻理も慌てて手を上げる。

ハガミの悔しさ、憎しみは深い。それが身勝手な人間の行動が原因なら、また身勝手に彼を祀ろう。それでハガミが少しでも人間を許せるようになるならいくらでもやる。

「あたしも……ハガミには騙されていたけれど、ハガミの気持ちもわかるから、責める気にはならないわ。ただ、この一連の悪さをやめてくれたら、それでいい。あたしはやっぱり、人間が苦しむところは、見たくない」

さく、と足音を鳴らせて、麻理の隣に立つのは椿。彼女は右手にかんざしを握りしめて、ハガミを見ていた。

その場にいた全員の視線が集まって、慌てるのはハガミだ。ばさばさとせわしなく羽をはためかせ、きょろきょろと辺りを見まわす。

「な、なにを。貴様らは、なにを言っているのだ。そ、そんなもの。そんなもの、簡単に、できるわけがない。我は決めたのだ。ずっと、決めていたのだから！」

「わかるぞ、ハガミ。出鼻をくじかれるほど居心地の悪いものはない。だが、大丈夫だ。そなたはまだ、戻れる」

アラヤマツミはしゅろしゅろと舌を出し、目を細ませてにんまりと笑った。

「とりあえず、酒盛りをしようか」

「はっ？　……さ、酒盛り……だと!?」

ハガミは驚きに目を丸くして、アラヤマツミは「うむ！」と大きく鎌首を縦に降った。

エピローグ　料理好きの河童は今日も水にこだわる

戸惑う天狗のハガミを連れていったのは、雪女の雪乃宅だった。沼にいた麻理に朋代、そして左近、河野。揃いも揃ってアパートやマンション暮らしで、部屋の広さも余裕があるとは言えない。そんな中で一軒家の雪乃宅が選ばれたのは、自然の成り行きだったのかもしれない。

ずぶ濡れだった河野と麻理はそれぞれの自宅で着替えを済ませたあと、雪乃の家に向かった。

たまたまラジオ局の仕事が休みだった雪乃は、皆の来訪に驚いたものの、快く家に入れてくれた。一緒に入ってきた黒いカラスが天狗になったときは、その正体を知っていても悲鳴を上げて驚いていた。

「ふぅん。そんなことになっていたんだ。さすが山神様は口が上手ね。天狗といえば力が強い上に頑固で偏屈で、可愛げのかの字もない妖怪だと思っていたけれど、意外と話を聞く耳はあったんだ」

土間の台所で、雪乃が戸棚にもたれながらたくあんをポリポリ摘まみつつ言う。

現在、廊下の先にある奥座敷は妖怪の酒宴会場になっている。といっても、ハガミとアラヤマツミが酒を飲みながら会話をしているだけなのだが。

朋代は土間に面する囲炉裏のある座敷でくつろいでいて、河野は台所で料理長を務めている。麻理と、あとからやってきた左近の妻である音子は、彼のサポートについていた。

「河野さん、ごまが煎り終わりましたよ」

「ありがとうございます。では、それをすり鉢ですりごまにしてください」

「さつまいもとねぎ、切り終わりました！」

「うん、ありがとう。じゃあそれをお鍋に入れて、お水はこれくらい。火にかけておいてくれる？」

河野を挟んで反対側では音子がゴリゴリとごまをすり、麻理は鍋にさつまいもとネギ、水を入れて火にかけた。

「ただいまー！　酒と肉、魚、買ってきたよー」

「左近さんお帰りなさい。わっ、結構重いですね」

買い物から帰ってきた左近を出迎えた音子が、荷物を受け取って悲鳴を上げる。左近はクスクスと笑って、彼女の手から一升びんをヒョイと持ち上げた。

「これは俺がお座敷に持っていくね。伊予ちゃんは？」

「朋代ちゃんと椿ちゃんが見てくれているわ」

左近が顔を上げれば、囲炉裏のある小さな居間で伊予は寝かされており、椿がおっかなびっくりといった仕草で、彼女の胸を撫でていた。それを見た左近は安心したように頷き、靴を脱いで奥の座敷に向かっていく。

「当然といえば当然のことだったんでしょうけど、皆知り合いだったんですね。雪乃さんも朋代さんも音子さんも」

麻理が言うと、たくあんに飽きたのか雪乃が冷蔵庫に片づけつつ「そりゃあねえ」と笑った。

「妖怪コミュニティは狭いもの。近くにいるなら助け合ったほうが、ずっと楽に生きられるでしょう？　今度、他の妖怪も紹介するわね」

「橋渡し役は主に河野さんなんだけどね。彼は配置薬の面倒を見ながら、ついでにそれぞれの妖怪の近況を知らせたり、助けが必要なときは声をかけたりしているのよ」

音子が買い物袋から食材を取り出しながら言う。

なるほど、と麻理が頷いていると、河野は音子からサンマを受け取り、笑った。

「僕らのように、時代に柔軟についていける妖怪もいれば、いつまで経ってもなじめない妖怪もいる。結局のところ、僕が足でまわるのが一番なんだよね」

そう言って、河野はトレーに入れたサンマに塩をふった。そして雪平鍋に味噌を入れてみりんで伸ばし、音子がすったすりごまを混ぜる。

「これはごま味噌ですよ。しいたけに塗ってオーブントースターで焼きますね」

「うわあ、おいしそう……！」

自分が食べたい。思わず生唾を飲み込んでしまう麻理を見て河野はくすくすと笑って、麻理が火にかけていた鍋の中に、しょうゆと酒、みりんを入れて味をつける。

「さつまいもは秋が旬。旬のものを食べるのは薬膳料理において大切な要素なんだよ。さつまいもに整腸作用があるのは有名だけど、他にも疲労回復や精力を養う働きがある。ちなみに、皮にはミネラルがたっぷり入っていて、でんぷんの異常発酵を抑える働きに繋がるから、積極的に使っていきたいね」

ふむふむと麻理が頷いていると、河野は塩を振ったサンマの水気をキッチンペーパーで拭き取り、もう一度塩を振った。そしてグリルで焼きはじめる。

「サンマも江戸時代から秋の健康食品として親しまれている食材だ。これも疲労回復の効果がある。栄養価が高く、不安感やイライラを抑える力もあると言われているんだよ」

「へぇー！　体にいいだけじゃなくて、心にもいいなんて、素敵な食べ物ですね」

「ふふ、他にもさつまいもやみかん、らっきょうやしそも気を補う力がある。焼きサンマには大根のすりおろしに、しそを混ぜたものを添えよう。きっとハガミさんも元気が出るはずだよ」

ニコニコと笑顔で言って、河野は大根を麻理に渡す。

「これ、すっておいて。僕はちょっと、部屋を借りて作業をしてくるね」

河野は手持ちの鞄を持って靴を脱ぎ、廊下を歩いていった。麻理は大根を片手に、首を傾げる。

「作業……って、なんだろ？」

しばらく考えたが、全く想像がつかない。とりあえず彼女は河野に頼まれたとおり、大根をすりおろす作業に入った。

さつまいもと長ネギの甘辛煮、サンマの塩焼き、しいたけのごま味噌焼き、さらに銀杏と鶏肉のネギ塩炒め。色とりどりの料理を盆に乗せ、しばらく経って台所に戻ってきた河野とともに麻理達は揃って奥の座敷に入っていく。

中にはハガミにアラヤマツミ、左近がいて、ハガミは少し居心地が悪そうに酒を飲んでいた。

「豪盛とは言えないかもしれませんが、どうぞお酒のアテにしてください」

河野がハガミの前にお膳を置く。ハガミは戸惑いながらも「うむ……」と頷き、箸を手に取った。

そしてぱくりとさつまいもとネギの甘辛煮を口に入れる。

「むっ……うまいな。妙に安堵する甘みだ。ネギにもいいもの甘さが絡んでおって、なかなかの腕前だな。河童のくせに」

「僕も長く人間社会に身を置いていますからね」

余裕たっぷりに河野は微笑み、ハガミの杯に酒を注ぐ。ハガミはそれをクイッと一気飲みして、悔しそうに顔をしかめた。

お猪口に顔を突っ込み、ちびちびと酒を飲んでいたアラヤマツミが顔を上げる。

「人間社会になじむのも、なかなかいいものであろう。いろいろ面白い娯楽もあるぞ。てれびに、えいが。我は最近、すまほげーむにもはまっておる」

「山神様、スマホゲームしてるんですか!?」

麻理は思わず素っ頓狂な声を上げてしまった。アラヤマツミは「然り」と首をくるくるまわす。

「朋代のすまーとふぉんで勝手にやるのじゃ」

「マツミ君、いつの間にか超うまくなって、私よりゲームうまいんだよね、腹が立つよね」

　ぐぬぬ、と朋代が悔しそうに拳を握る。

「蛇より下手っていうのも、ある意味凄いと思うけど」

　左近が鶏と銀杏のネギ塩炒めを食べつつ、笑った。

　コントローラーを頭と尻尾で操作していたみたいに、スマートフォンも頭で押していたのだろうか。つくづく器用な神だ。そういえば、メッセージアプリも使いこなしていると言っていたことを麻理は思い出した。

「そういえば山神様。お水から変えてくれたお酒、すごくおいしかったですよ。あまりに飲みやすくて、びっくりしました。ありがとうございます」

　次に会ったとき、礼を言おうと思っていたのだ。麻理が改めてアラヤマツミに頭を下げると、彼は「そうであろう」と満足げに金の瞳を細めた。

「気に入ったのならまた神の業を見せてもよいぞ。味も思いのままじゃ。甘口辛口ひやおろし風、純米酒、大吟醸、にごり酒も作れるぞ」

「えっ、そんなに種類豊富に作れるんですか!?」

「昔は一種類しか作れなんだが、なにせ我は長寿でな。山の社では他にやることもなかったし、ひたすら雨を待っては、雨水を酒にして遊んでおったのじゃ」

懐かしそうにアラヤマツミが話す。その近くで、朋代がボソッと「基本的に暇人なのよ、マツミ君」と言った。

「そんなことを言うが朋代。おぬしが一番、我の酒を楽しんでおるではないか！『水が酒になるなんて最高！　酒代が浮く！　山神様素敵かっこいい神の中の神～、しびれるう～』などと言って」

「そこまで言ってないーっ！　ミネラルウォーターがにごり酒になるならお得じゃない。どうせならもっと業を極めて、スパークリング日本酒も作れるようになってよ」

「朋代の要望が、日に日に具体的かつ露骨になっていくのう。人間の欲は留まることを知らぬ。まこと恐ろしい生き物よ」

こわやこわや、とアラヤマツミが首を横に振る。そんな彼と朋代を交互に見て、ハガミは複雑そうに酒の入った盃を口にした。

「ハガミよ。割り切れぬ感情もあろう。なにせおぬしは、人間を恨むことで、黙々と力を蓄えることに耐えていたのじゃ。我らの説得であっさりと考えが変わるとは思っておらん」

ハガミが困ったように頭を掻く。アラヤマツミは鎌首をもたげ、くるくると胴体をまわす。

「ゆえに、話せ。我はおぬしの話を聞こう。何日でも、何年でも、何十年でも。積もり積もった恨み言は全て聞こう。話し切ったとき――きっとおぬしは、すこぅしだけ、考えが変わっておるはずじゃ」

薄く金の瞳を細めるアラヤマツミに、ハガミは不服そうな表情をしながらも頷いた。

そんなハガミのところに河野が近づき、小さな紙袋を渡す。

「ハガミさん。これは僕からの捧げ物です。山神様にもお渡ししている、病の薬。気分が悪くなったときや、疲れを感じたとき、不調なとき、ひとさじずつ飲んでみてくださいね」

ハガミは河野から紙袋を受け取った。そして、紙袋と河野を交互に見る。

「……もしかして、これは。我も風の噂で聞いたことがあるが、あの薬か」

「僕はこの近辺の物の怪の体調を全て見てまわっているので、ハガミさんもなにかあったら連絡してください。はいこれ、名刺」

河野はニワトコ薬局の名刺も一緒に渡す。ハガミは戸惑いの表情で受け取り「なんというか、貴様はしっかりしておるな……」と呟いた。

ハガミの相手はアラヤマツミにまかせることにして、麻理達は奥の座敷をあとにする。

「神様相手じゃないと、話せないこともあるだろうしね」

くすりと笑う左近に、皆が頷いた。

ぞろぞろと廊下を歩いて、土間に面した小さな座敷に全員がくつろぐと、河野が「お茶を入れましょうか」と土間に立った。

「あ、私も手伝います」

台所でやかんに水を汲む河野の横で、麻理は戸棚から湯飲みを人数分、盆に置いていく。

「……河野さんって、お料理をしているとき、すごく生き生きしていますね。お薬を作っているときもそんな顔をしているんですか？」

「え、そんなに嬉しそうだった？　自覚はしていないけど、そうかもしれない。体にいい料理を作るのも、薬を作るのも、全て僕が持っていた遠い知識の賜物だからね」

急須に茶葉を入れながら、河野が穏やかな顔で言う。

麻理は、河野のそんな優しい顔がとても好きだ。隣人が元気でいることを願ってなにかを作る、河野の深い緑がかった黒の瞳が好きだ。

そのことを強く心の中で自覚しながら、麻理は「そうですか」と頷いた。

「山神様にも同じようなお薬を渡していましたけど、あれがいわゆる、河童の妙薬と呼ばれるものなんですか？」

「ふふ、あれは単なる葛粉だよ」

「えっ⁉」

思わぬ言葉に驚きの声を上げてしまった。河野はクスクスと笑って、麻理に少し意地の悪い目線を送ってくる。

「なんてね。嘘か真《まこと》か。どっちだと思う？　ちなみに葛自体は漢方薬にも使われている優秀な薬草だよ。解熱作用があるから、風邪薬にも調合されたりするね」

「う、でも、神様に使ったりしてるんですから、特別な薬草を使っているんじゃないんですか？」

麻理が聞くと、温まった湯を急須に注ぎながら河野がますます笑う。

「神様も人間も妖怪も、皆変わらないよ。特別なものなんてない。世界にあるものを、皆で分け合っているんだ。それは薬も同じだよ」

ゆっくりと、ゆっくりと。急須から茶を注ぐ。最後の一滴まで配って、河野はもう一度急須に湯を注いだ。

「ハガミさんに渡した薬が、葛か、それとも摩訶不思議な秘薬か。それは問題じゃない。結果的にハガミさんの病んだ心が治ればいいんだ。僕の作った薬は、そんな類いのものだよ」

「……つまり、嘘ってことですか？」

麻理がたずねると、河野は静かに唇の端を上げる。

「『必ず治る薬』を編み出したのは、人間だ。昔、僕を助けてくれた夫婦に教えた僕の妙薬だって、今の医学から見ればつたない薬だった。それでも彼らは『すばらしい薬だ』と感動し、さらに薬をよいものにしようと技術を磨いた」

それが、人間。

手に入れたものだけで満足できず、進歩せずにはいられない生き物。

「でも、それは決して罪ではない。時に人間の進歩は悲しみの連鎖を引き起こすこともあるけれど、それでも人間は、前に進み続けることをやめない。それが本能だと言わんばかりにね」

まるで泳ぎ続けなければ死んでしまう回遊魚のように、人間は走り続ける。妖怪や神から見れば短いサイクルを永遠に繰り返す。星の滅びに向かって。

「僕達はそんな人間の心から生まれた。変わらないことが、人間達の、僕たちに対する願いだ。だから僕達は変わらない。僕も、僕の作る薬も、ずっと変わらない」

茶を淹れ終わって、河野は中折れ帽を軽く手で整える。そして、麻理にニッコリと目を細めた。

「人間には効かないかもしれない。つたない古い知識で作られた、誰でも作れるなんでもない薬。人間が作る薬のように『絶対』は約束できないけれど、体にいいものばかりを詰め合わせた、僕だけが知ってる特別配合。それが、河童の妙薬だよ」

河野は茶目っ気のある瞳で麻理を見て、皆に温かい茶を配りに行った。

＊＊＊

さらりと山から吹く風に、キリリと張り詰めた冷たさを感じる。それはあきらかに、麻理達へ冬の到来を知らせていた。

今日も河野と麻理は営業車に乗り、薬を置かせてもらっている顧客の家をまわりに行く。

ラジオから流れるのは『ボリュームＦＭ』。午後になれば、雪乃の担当する番組がはじまるだろう。

麻理はまだおぼつかない運転技術で車を走らせながら「はぁ」と疲れたようにため息をついた。

隣の助手席で、河野がくすくすと笑う。

「朝からため息。今日で三日目だよ？　そんなに椿は気難しいかい？」

河野の言葉に、麻理はげんなりと目を据わらせた。

「気難しいっていうより、あれは、わがままっていうんです」

赤信号でブレーキを踏み、麻理はぼやく。

天狗が関わるあの一連のできごとが終わってから、麻理の生活がほんの少し変わった。

それは、アパートに同居者ができたことだ。というより、麻理の部屋に『棲みついた』が正しいのだが。

座敷童の椿。

タクミと決別した彼女は、麻理が引き取ることにした。いきおいとはいえ「うちに来い」と誘ったことを、麻理は忘れていなかった。

椿はあの廃屋に棲み続けるよりましだと思ったのか、麻理のアパートについてきた。

そして――わがままぶりをおおいに発揮したのだ。

「寝るところは押し入れがいいって言い張るから、まずは押し入れの荷物を全部下ろして、椿用のふとんを用意したんですよ。そしたら、安いふとんは生地が気に入らないとか、そば枕がいいとか、言いたい放題！　しかも『あたしに供物を用意なさい』とか言って、朝は小豆粥ばかりリクエストするし、毎日高級果物を買わせようとするんですよ。

絶対、タクミにはそんなわがまま言ってないはず！　だって、あの廃屋での別れ際、タクミ、凄い優しい笑顔してたもの。私ならあんなわがまま娘に、あんな菩薩《ぼさつ》みたいな笑顔向けられませんよ！」

「ああ、あれ？　あの廃屋にいたタクミは、左近さんが化けた姿だよ」

「あれ、左近さんだったんですか⁉」

青信号になって運転を再開しながら、麻理が驚いた声を上げる。左近はいつもは中年太りのおじさん姿だが、さすが化け狸だ。彼は女性であっても子供であっても、自由に姿を変えることができるのだろう。……どうして普段はさえないおじさんの姿におちついているのか、少し疑問を感じてしまうほどだ。

「黄泉の世界から死んだ人を引きずり出すことはできない。かのイザナミも、黄泉の世界でその体は朽ち果てていた。でも、左近さんが黄泉の世界でタクミに会ったのは本当だよ。あのかんざしも、タクミが沈香を削り、朱をさし、漆を塗ったものだ。本当は椿が黄泉の世界に来たときに渡そうと思ってたらしいけど、左近さんが預かってきたんだよ」

世間話のようにさらっと河野が話してくるが、麻理の頭は混乱でいっぱいになっていた。

まず、黄泉の世界って本当にあるんだ、ということ。そして左近がその世界を自由に行き来できるという、衝撃の真実。さらにタクミがかんざしを作るために沈香を削っただなんて。

あの世界に木が生えてるの？　朱や漆を塗ったりできるところがあるの？　そもそも黄泉の世界ってどんなところなの？　さまざまな疑問が行き交うが、考えても仕方ないことだ。黄泉の世界はあって、左近はそこに行ける。そのことさえ飲み込んでしまえば、なんとか納得できた。

妖怪の世界って奥が深い……などと、途方もない気分を感じながら。

「椿がタクミに対してわがままだったかどうかはもうわからないけど、意外とあのままだったのかもしれないよ。それでもタクミは、楽しくて幸せだったんだろう。世話のかかる娘ほど、可愛いものだからね」

「……そういうものですかねえ」

はぁ、とため息をつく。自分も河野くらい達観した思考を持ちたい。昨日も椿のわがままでイチジクを三パックも買わされたのだ。彼女は人間が食べるような食事はあまり摂らないが、とにかく小豆と果物が好きだった。でも果物は、意外と値段が高いのだ。

河野はくすくすと笑って、中折れ帽をかぶりなおす。

「ハガミさんは山神様が面倒見ているみたいだし、食中毒もパタリと止まったし、とりあえずは一件落着かな」

「ああ……それもありましたね。ハガミさん、早く新しい棲処を見つけてくれたらいいんですけど」

天狗のハガミ。彼は沼での騒動のあと、雪乃の家でひと晩アラヤマツミに語り尽くして、ようやく長年の怒りがほんの少し収まったようだった。まだ人間への恨みや憎しみはなくなってはいないらしいが、まわりに悪さをすることはもうしないと約束した。

「人間がこれ以上、我の領域を乱さねばそれでよい。朋代がアラヤマツミ殿と一緒に我を祀ってくれるそうだしな。当面おとなしくしておこう」

あの日、別れ際にそんなことを口にしたハガミ。朋代はげんなりした表情をしていた。蛇に続いてカラスが家に棲みつくのだ。ますます人間の彼氏ができにくくなるだろう。

麻理はちょっとだけ朋代に同情してしまった。

「まあ、また様子を見に行こう。配置薬の面倒も見なくちゃいけないからね」

「はい」

「そろそろ住宅地に入るけど、その前にコンビニに寄ってくれる？　水を買いたいから」

その言葉に、麻理はぴくっと反応した。思わず河野の中折れ帽を見てしまう。

「……もしかして、頭のお皿用ですか？」

「うん。実を言うと、最近、ミネラルウォーターの新商品が発売されたんだ」

「新しいお水をためしたいんですか？」

ミネラルウォーターの情報に疎い麻理は、思わず聞き返してしまう。河野は神妙な様子でこくりと頷いた。

「天然のミネラルウォーターより三倍多いミネラルと酸素が入った、スーパーミネラルウォーターなんだって。なんか凄そうでしょ。お皿にかけたら元気になれそうな気がしない？」

「しないです」

はっきり麻理が答えると、河野が「ええーっ」と不満そうな声を上げた。

「河野さんは究極のナチュラル嗜好派でしょ⁉　絶対、普通のお水のほうがいいってなりますよ。だからおとなしく、いつもの天然山の水を買ってください」

「新製品をためすのは僕の楽しみなのに……」

「そんな妙なチャレンジ心を出すから、間違って甘い水をかけて体が甘い匂いに包まれたり、硬水で体がカチコチになったりするんでしょう？」

麻理の容赦ないつっこみに、河野は「そのとおりです」としょんぼりした様子で頷いた。

そんな彼に、麻理は思わず笑ってしまう。

「今度の休み、一緒に山を登りましょうよ。山に流れる汲みたてのお水が一番好きなんでしょう？　私、足だけは自信がありますから、どんなに高い山でも付き合いますよ！」

コンビニに車を停めながら、麻理が明るく誘う。すると河野は少し驚いた顔をしたあと、みるみると嬉しそうに破顔した。

「うん、いいね。じゃあ次の休みは一緒に山を登ろう」

河野は手放しの笑顔で嬉しそうに言い、麻理は胸にほろ甘い気持ちを抱きながら「はい」と頷いた。

〈完〉

あとがき

はじめましての方も、お久しぶりの方も、こんにちは。桔梗楓です。

このたびは、ファン文庫にて河童の話をお書かせていただきました。

このお話と合わせてプロットをいくつか提出したのですが、まさか河童が通ってしまうなんて、と驚いてしまいました！

とはいえ、とても楽しくお話を書きました。

実は、ずっと前から、河童が出てくる話は考えていたのです。しかし、そちらはあまりにヘンテコな話だったので、河童だけ持ってきて、話をいちから考え直しました。

たしか最初に考えた話は、河野さん（プロトタイプ）が女子高生とタッグを組んでゾンビと戦う話でした。なんじゃそりゃですよね！　なので、配置薬販売員として生まれ変わったのです。河野さんはゾンビと戦わずに済んでよかったですね。

麻理から見た、妖怪の現代よもやま話。いかがでしたでしょうか。

少しでも面白いと感じていただけたなら、嬉しいです。

個人的には、山神様と朋代のかけあいが一番楽しかったです。朋代はあれから居候が増えてさらに苦労することになるでしょう……。不憫ですが、なんとも朋代らしいですよね。麻理もこれから大変そうですが、なんだかんだ楽しい同居生活を送るのではないかと思っています。

この物語の原稿を書いている最中に、故郷である京都に帰省しました。母がおいしいごはんを作ってくれることをいいことに、時間さえあればずっと書いていました。ありがたい……、ありがとうございます……。なにもしなくてもごはんが出てくるって、本当に幸せなことですね……。しみじみ。母に、感謝です。

最後になりましたが、とても美麗なイラストを描いてくださったイラストレーターの冬臣様、ありがとうございました！　感謝感激です！

それでは、またどこかの物語で出会えることを祈っております。

桔梗楓

この物語はフィクションです。
実在の人物、団体等とは一切関係がありません。
本書は書き下ろしです。

■主な参考文献
『からだに効く 和の薬膳便利帳』(武鈴子・監修、家の光協会)
『歴史民俗学(No.23)』「特集」かっぱ・カッパ・河童——愛される川の妖怪
(歴史民俗学研究会・編、批評社)

桔梗楓先生へのファンレターの宛先

〒101-0003 東京都千代田区一ツ橋2-6-3 一ツ橋ビル2F
マイナビ出版 ファン文庫編集部
「桔梗楓先生」係

ファン文庫

河童の懸場帖《かけばちょう》

東京「物ノ怪《もののけ》」訪問録

2017年10月20日　初版第1刷発行

著　者　　桔梗楓
発行者　　滝口直樹
編集　　庄司美穂（株式会社マイナビ出版）　定家励子（株式会社イマーゴ）
発行所　　株式会社マイナビ出版
〒101-0003　東京都千代田区一ツ橋二丁目6番3号　一ツ橋ビル2F
TEL 0480-38-6872（注文専用ダイヤル）
TEL 03-3556-2731（販売部）
TEL 03-3556-2736（編集部）
URL http://book.mynavi.jp/

イラスト　　冬臣
装　幀　　小松美紀子＋ベイブリッジ・スタジオ
フォーマット　　ベイブリッジ・スタジオ
DTP　　株式会社エストール
印刷・製本　　図書印刷株式会社

 ISBN978-4-8399-6484-9
Printed in Japan

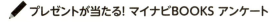

ファン文庫

繰《く》り巫女《ひめ》あやかし夜噺《よばなし》
～お憑《つ》かれさんです、ごくろうさま～

——とんとんからん。
あやかし謎解き、糸紡ぎ。

古都の玉繭神社の巫女・絹子は、社務所に暮らすが
他に住まうモノのことは知らない——。
人気著者が贈るあやかしミステリー。

著者／日向夏
イラスト／六七質

ファン文庫

質屋からすのワケアリ帳簿

～シンデレラと死を呼ぶ靴～

物に宿る記憶を読み解く
ミステリー。待望のシリーズ化！

人間の不幸や欲望にまみれたワケアリ品を買い取る
『質屋からす』。店主・烏島はそれらを愛でるのが
趣味の変わり者。人気のダークミステリー！

著者／南潔
イラスト／冬臣